내 마음을
믿는 일_____

내 마음을
믿는 일

내가 나로
존재할 수 있도록

최원석 _____
지음

마음시선

차례

__전하고 싶은 마음

1장__ 지금, 여기에서 있는 모습 그대로

내가 사랑하는 것 011 | 위로의 순간 016
수많은 말 중에서 020 | 경험해봐야 아는 것 021
고마운 마음 025 | 아버지의 입원 030 | 첫인상 033
꿈과 행복의 상관관계 037 | 다시 오지 않는 지금, 여기 042
이중성에 대하여 043 | 유난스러운 최초딩 046
눈치 덕분에 050 | 창문 밖 자유 054 | 하루의 끝에서 057

2장__ 가끔은 삶에 지쳐도 다정함으로 이겨내고

잊지 말아야 할 것 065 | 괜찮은 척 067
생각도 걱정도 많은 사람 070 | 부재중 전화 073
마음에 듣는 약 080 | 소란한 나날의 탈출구 084
애도의 마음들 086 | 유명해지니까 090 | 소소한 즐거움 095
눈치의 경험치 097 | 마음이 다치는 순간 101
같이 울 수 있다면 104 | 어머니, 아버지, 그리고 나 106
책의 위로 109 | 칭찬은 관심의 표현 112
어른이라는 슬픈 말 116

__함께의 온도

3장__ 사람과 사람 사이 연결의 힘을 믿으면서

잊히는 것에 대하여 125 | 시간 129 | 감정 연습 132
소중한 공간 136 | 착각하면 좀 어때 138 | 진상의 잔상들 143
서점에서 하지 말아야 할 것들 148 | 관계의 단상 154
진상의 현생들 155 | 작가와의 만남 158 | 내 인생의 책 162
말의 의미 168 | 사랑의 힘 169 | 새로운 취미 172

4장__ 시간이 흘러도 소중한 것을 잃지 않기를

떠난 후에 남겨진 것들 177 | 지나서야 아는 것 181
첫 만남과 첫 이별 182 | 나는 누구일까 186
특별해서 기억나는 요리 190 | 몰입과 몰두 194
유해한 말 199 | 잊히는 날과 소중한 것들 203
유진이네 책방 207 | 어느 날의 아침 213
단조로운 일상의 행복 217

__우리들의 소중하고 행복한 시간

닫는 글

전하고 싶은
마음

나 같은 사람의 이야기도 누군가에게 위로가 될 수 있다면.

잘 쓰지 않아도 누군가 읽고 공감하고 힘을 내준다면,
그로 인해 저도 위로받을 수 있습니다.

이 마음을 전하고 싶었어요.

1장

지금,
여기에서 있는
모습 그대로

내가
사랑하는
것

〈 글을 시작하면서 가장 먼저, 나라는 사람을 존재하게 하는, '내가 사랑하는 것'에 대해 이야기해보고 싶었다.

　1. 첫 번째로 이야기하고 싶은 건 가족이다. 나는 1939년생인 아버지와 1952년생인 어머니 사이에서 태어났다. 그리고 1971년생인 형과 1981년생인 누나가 있다. 내가 사랑하는 첫 번째로 가족을 선택한 이유는 명백하다. 부모님이 아니라면 내가 지금 이렇게 노트북 앞에 앉아서 자판을 두들길 수 없었을 테니까. 다시 말해, 세상의 빛을 보지 못했을 테니까. 고백하자면 어렸을 때 꽤 사고뭉치였다. 태권도 선수를 꿈꾸다가 허리를 다치고 꽤 방황하던 시절이 있었는데, 그때 저지르면 안 되는(?) 많은 짓을 저지르고, 경험했던 것 같다. 꿈을 잃어버린 어

린 시절의 최초딩이 할 수 있었던 것들을, 아마 여러분들도 쉽게 짐작하실 수 있을 테니 이 자리에 따로 적지는 않겠다.

내가 방황할 때 나를 슬프게 했던 것도 가족이었고, 더 빗나가지 않게 잡아주고 다시 원래의 나로 돌아갈 수 있게끔 지켜주었던 것도 가족이었다. 철없던 시절에는 몰랐다. 가족이란 단어가 주는 든든함에 대하여. 그렇다고 지금 철이 많이 든 건아니지만, 나이를 먹으면서 지켜야 하는 것과 소중하게 여겨야 할 것들에 대해서는 조금 알게 된 것 같다.

오늘 아침에 밥을 먹으면서 TV를 보다가 우연히 이런 말과 마주쳤다. '엄마의 시간은 오롯이 아들을 위해 지나간다.' 내가 출근하기 전에 아침밥을 차려주고, 현관문을 나서는 나를 마중하기 위해 밥을 먹다가도 일어나는 부모님을 생각하면, 지금 80대의 아버지와 60대 어머니의 시간 역시 오롯이 나를 위해 흘러가고 있는 듯하다. 그것을 생각하면, 세상에 그 어떤 것이 나를 위험에 빠뜨린대도 나는 다시 일어설 수 있을 것 같다. 내가 어떤 잘못을 저질러도 나를 떠나지 않을 사람이란 걸 알기에, 오히려 그런 편함이 가끔 나를 못돼먹은 자식으로 만들기도 한다.

부모님한테 잘해야지 생각하면서도, 그게 잘 안 된다. 이런 기억들 때문에 언젠가는 두고두고 후회할지도 모른다고 생각하면서도 그렇다. '있을 때 잘하자, 후회하지 말고'라는 말은 연인보다 부모에게 더 잘 어울리는 말이 아닐까 싶다. 함께할 수 있는 시간이 길지 않으니까. 그래서 다짐해보는데, 나중에 후회할 일은 최대한 만들지 말자. 나의 시간을 부모님께 최대한 전달해드리자.

2. 연애하고 있다. 누군가 한 사람을 이렇게 오래 만나보기는 살면서 처음이다. 보통의 내 연애는 길면 3개월 남짓, 짧게는 1개월 수준이었다. (물론 더 짧은 경우도 있었지만, 이제 와 생각해보니 그걸 연애라 부를 수 있을지 모르겠다.) 사실 내 성격이 진짜 특이하다. 우유부단하고, 막내로 자라서 특유의 투정도 있고, 하고 싶은 걸 못 하게 하면 성격이 더러워지고(?), 술을 좋아하는데 심지어 게으르기까지 하다. 그런 나를 오랫동안 옆에서 잘 지켜주고 있는 사람이다.

어제 살짝 다툼이 있었는데, 알고 보면 그냥 내 자격지심이었다. 글이 써지지 않아서 쥐어짜듯 글을 써냈는데, 여자친구의 의견을 듣는 순간 나도 모르게 울컥해서 내 생각을 전달한다는 게 격양된 목소리로 나갔다. 왜 모르는 사람에겐 세상 친절하게 대하면서 나한테 소중한 사람들에겐 막 대하는지 나조차도 잘 모르겠다. 아마 모르는 사람에게 친절하기 위해 힘들게 노력하다가, 절대 나를 떠나지 않을 사람에게 그 힘든 감정들을 버리는 거 아닐까 싶다. 소중한 사람에게 더 잘해야 하는데 말이지. 반성해야지. 보통 이렇게 다투고 나면 누구 한 명이 먼저 화해의 말을 건네곤 하는데 이 글을 적고 있는 이 순간까지 아무도 그러질 않고 있다. 물론 잘못한 것은 나니까 내가 먼저 사과하는 것이 맞다. 지금까지 가만히 있는 것 또한 내 자격지심인가 생각했지만, 그것은 아니고, 내가 무엇을 잘못했는지 완벽하게 이해하고 나서 내 잘못을 인정하고 그때 마음을 전달하는 게 맞는 거라 생각했기 때문이다. 지금은 내 잘못을 인정하고 있는 단계다.

3. 나에겐 여자친구보다 더 오래된 사랑이 있다. 바로 책이다. 힘들었던 시절에 책이 나에게 기댈 곳이 되어주면서 인연이 시작되었는데, 지금은 그 책 덕분에 인스타그램 팔로워도 많고, 책도 쓰고, 마케터로 일하며 월급도 받는다. 이제 싫어하고 싶어도 싫어할 수 없는 게 나에게는 책이다. 아마 가끔은 읽기 싫어서 던져놓기도 하겠지만, 또 던져놓은 게 미안해서 그 책을 다시 집어 읽으면서 화해를 신청하기도 할 것이다.

4. 사랑한다고 할 것까지는 없지만, 내 정체성의 한 부분인 최초딩이란 닉네임에 대해서도 말해보고 싶다. 예전에 버디버디라는 메신저가 유행할 때, 내 아이디는 '나는야초딩임'이었다. 고등학생 시절, 사립초등학교 셔틀버스 안에서 가운뎃손가락과 혓바닥을 내미는 신공을 전개하던 초등학생을 보고 녀석을 잡아 족치겠다(?)며 버스를 향해 전력 질주했는데, 그런 내 모습이 저 초등학생과 다를 게 뭔가 하고, 자괴감 속에 만들었던 아이디다. '나는야초등학생임'이 너무 길어서 줄였던 게 '나는야초딩임'이었고 그 이후에 성을 따서 '최초딩'이라는 닉네임을 짓게 되었다.

언젠가부터 내 이름보다 최초딩이라 불리는 시간이 늘어나고 있다. 나를 그렇게 불러주는 게 참 좋다. 친밀감도 느껴지고, 이 사람이 내 활동을 인정하고 있다고 생각해서다. 언젠가 철이 좀 들면 최중딩, 최고딩, 최대딩, 최직딩 등 다양하게 변할지도 모른다. 하지만 아직은 저 초등학생을 잡겠다고 쫓아가던 어렸을 적 내 순수함이 좋다. 그 순수함을 잃지 않기 위해 언제든지 초딩처럼 살 준비가 되어 있다. 40대가 되어도, 50대가 되어도, 나는 영원히 최초딩이 될 준비가 되어 있다.

위로의
순간

요즘 내가 위안을 받고 있는 것 중에 하나가 언덕 위 우리 집으로 올라가는 길에 마주치는 달이다. 어두컴컴한 밤하늘을 홀로 빛내고 있는 이 달이라는 존재가 참 큰 위안이 된다. 달은 매일 다른 모양으로 변하지만 늘 하늘에서 빛나고 있다. 생각해본다. 달도 가끔은 매일 빛을 내야 하는 게 싫지는 않을까. 지치지 않을까. 그래서 조금씩 모양을 바꿔가며 빛나고 있는 게 아닐까. 뭐, 달에게는 미안한 말이지만 지금처럼 늘 밝게 빛나줬으면 좋겠다. 어둠이 내린 밤에 홀로 떠 있는 달을 보며 누군가는 나처럼 큰 위안을 받을 테니까.

아시는 분은 아시겠지만 나는 출판사에서 마케터로 일하고 있다. 얼마 전, 담당하는 마케터로서 한 시인의 행사에 참석했다. 시인의 강연은 재미있었지만 도무지 집중이 되질 않았다. 머릿속에는 내일은 무슨 일을 처리해야 할지, 과연 내가 잘 살고 있는 건지 하는 고민들로 가득했다. 최근 특별히 우울한 일이 있었던 것도 아닌데 요즘 내 마음 한편에는 늘 울적함이 자리 잡고 있었다. 그렇게 고민에 고민을 더하고 있노라니 어느새 행사가 끝났다. 뒷정리를 마친 뒤 지하철을 탔고, 지하철을 내려서는 언덕을 걸어 올라가기 싫어 버스로 한 정거장 거리인데도 일부러 7분이나 기다려 버스를 탔다. (내가 살고 있는 집은 서울 남산 정상 높이의 절반에 해당하는 위치에 있는 아파트다. 여름 날씨에 걸어서 올라가면 불지옥과 땀지옥을 동시에 맛볼 수 있다.)

평소 외출하기보다는 집에서 뒹굴거리는 것을 좋아하는 나인데, 이날은 왠지 집에 들어가기가 싫었다. 그래도 다음 날 출근을 해야 했기에 어쩔 수 없이 버스에서 내려 바닥을 보며 집으로 터덜터덜 걸었다. 그러다 문득 고개를 들어 주위를 둘러봤는데, 어둠 속에서도 나무에 달린 잎들과 꽃 그리고 교회의 빨간색 벽돌들이 고유의 색을 뽐내며 그 자리를 지키고 있었다. 나는 순간, 이상하게도 위로를 받았다. 그 자리에 있고 싶었는지 어쨌는지 모르지만, 아무튼 그 자리를 지키면서 고유의 색을 잃지 않는 것들에게. 그리고 올려다본 하늘에는 밝은 달이 나를 비추고 있었다.

잠시 위로를 얻은 다음에는 마음가짐을 달리할 수 있었다. 그날 잠시 마주쳤던 풍경과 올려다본 밤하늘에 떠 있던 달 덕분에 나는 조금 변한 것 같다. 요즘 어떻게 지내냐고 묻는다면 스스로도 많이 변한 내 모습을 볼 수 있다. 즐겁지 않아도 즐겁다 생각하니 스트레스를 조금 덜 받았고, 그것들이 조금씩 체감이 되기 시작했다. 물론 마음을 바꿨다고 모든 것이 완벽하게 바뀌지는 않았다. 하지만 그 전보다는 분명히 즐거운 삶을 살고 있다. 사람의 마음은 나쁘게 먹으면 간사하지만 좋게 먹으면 그렇게 위대할 수 없다.

가끔 인생이 나한테 왜 이따위 시련을 주나 싶기도 하다. 작년 하반기엔 특히 그랬다. 입사 4개월 차에 갑자기 팀장님이 그만두셨다. 대리로 입사했지만 출판사 경력이 없었기에 의지할 곳이 없어진 거나 마찬가지였다. 내가 해야 할 일들은 아침부터 퇴근할 때까지 쌓여 있었다. 책을 좋아하고 책과 함께 살아왔기에 내 능력치로서 할 수 있는 일은 어떻게든 잘해보려고 했으나, 처음 하는 출판 마케터 일은 녹록치 않았다. 그 이후 너덜해진 마음으로 내 삶에 집중할 수 없었다.

하지만 이제는 그렇게 너덜해진 마음에 연고를 바르고 조금씩 회복 중이다. 완벽하게 바뀔 수는 없다고 해도, 지금의 긍정적인 마음가짐을 최대한 오래 유지하려고 한다. 그러니까 나한테만 왜 이렇게 힘든 일이 생기는 걸까, 다른 사람들은 즐겁게 사는 것 같은데, 라는 생각이 들 때 늦은 밤 주변을 한번 둘러보자. 언제나 어두운 곳에서 밝게 빛나는 그 무엇들이 그 자리에서 여러분을 위로해줄 수 있을 테니.

수많은
말
중에서

오늘도 우리는 '좋아' '싫어' '고마워' '괜찮아' '미안해' 등 수많은 말을 하면서 살아간다. 그리고 가끔은 단 하나의 문장에도 깊은 감정이 담기곤 한다.

여러분의 하루에
'미안합니다' 대신 '감사합니다'라는 말이 많아지길.
'감사합니다'도 좋지만
'사랑합니다'라는 말도 아끼지 않는 나날이길.

경험해봐야 아는 것

공부로써 알게 되고 배우는 것도 있지만, 직접 경험해 봐야 아는 것들도 있다. 예를 들어 커피는 물의 온도가 중요하며 드리퍼 모양에 따라 원두를 분쇄하는 것도 달라져야 한다는 건 책으로 배울 수 있다. 그러나 직접 원두를 갈고 내려보고 맛보는 것은 책에서 배울 수 없다. 수많은 경험이 쌓여 자기 것이 되는 것이다. 최근 자주 가는 핸드드립 전문 카페가 있는데, 사장님은 늘 커피를 내린 후 먼저 시음해본다. 그리고 자신이 알고 있는 맛과 다르면 나에게 사과하며 다시 원두를 분쇄해 내려주신다. 그리고 다시 시음 후 만족스러운 맛이 나오면, 그제야 그 커피가 자신이 아는 커피 맛이라며 내 잔에 따라주신다.

책을 아직 좋아하지 않던 시절 서점에서 일할 때, 다행히도 문학 분야가 아닌 전문서적이라고 불리는 수험서를 담당하는 파트에 있었다. 사람들이 간혹 어떤 수험서가 좋은지 묻는데, 그럴 때 나는 판매량이 가장 높거나 영업을 자주 오는 출판사의 책을 추천하곤 했다. 그러다 시간이 흘러 문학 분야를 담당하게 되었는데, 이때는 얘기가 달랐다. 문학 분야에는 소설, 에세이, 시 같은 책들이 있다. 개인의 취향을 많이 타는 책들이다. 그렇기에 단순히 판매량과 출판사, 작가에만 의존해 책을 추천해줄 순 없었다. 그랬다가는 명색이 서점 직원인데 전문성이 하나도 없는 사람처럼 보일 것이 분명했으니까. 실제로 그런 직원들도 있었다. 책이 좋아서 서점에 들어온 것이 아니라 그저 일하기 위해 회사에 입사한. 처음엔 나도 그랬다. 그래서 손님이 책을 추천해줄 수 있는지 물어올 때 꽤 부담을 느끼곤 했다. 읽는 경험이 절대적으로 부족했기 때문이다. 월급 도둑이 여기 있어요, 하는 느낌이었다.

다행히 책이 좋아지고 나서부터는 책을 엄청 많이 읽었다. 그동안 읽지 않았던 양을 한번에 넣으려는 것처럼 쥐어 삼키듯이 책을 읽었다. 적어도 하루에 한 권은 읽었고 많이 읽는 날에는 두세 권씩도 읽었다.

당시 내가 일했던 서점에서는 직원들이 도와드리겠다는 문구가 쓰인 띠를 두른 채 손님에게 먼저 다가가 "혹시 찾는 책이 있으신가요?"라고 물어보곤 했다. 처음엔 쑥스러웠다. 월급 받고자 하는 짓이지만, 아무런 정보도 없는 사람에게 다가가 그런 말을 건네는 행위가. 손님이 "아, 이런 책을 찾고 있어요."라고 말하면 다행이지만, "아니요, 혹시 책을 추천해줄 수 있나요?"라는 말을 들으면 쑥스러움을 넘어 당혹스러웠다. 아는 책이 턱없이 부족했으니까. 먼저 다가갔는데, 아는 것도 없이 다가갔다는 것이, 그래서 판매가 높거나 추천했을 때 실패하지 않을 것 같은 작가의 책만 추천해줄 수밖에 없다는 것이 서점 직원으로서 창피했다.

그런데 책을 많이 읽고 좋아하게 되면서 조금 달라졌다. 먼저 다가갈 때도 머뭇거림이 사라졌다. 오히려 '무슨 책을 추천해줄 수 있을까?' 하는 묘한 흥분감에 발걸음도 가벼웠다. 그렇게 다가가 열심히 추천한 책을 그 손님이 결국 구매했다는 걸 알았을 때 오는 기쁨이란. 이것은 서점에서 일하며 책을 좋아하는 마음과 그 책을 알리고 싶은 마음이 없다면, 느끼기 힘든 감정일 것이다.

서점에서 일할 때 오프라인이라는 매장에서 책을 알렸다면, 지금은 온라인이라는 가상공간에서 책을 알리는 데 힘쓰고 있다. 사실 옷이나 음식 등 실생활에 밀접한 무언가를 알리는 SNS 계정에 비해 책을 알리는 계정의 팔로워가 많지는 않다. 유입도 많이 떨어진다. 그럼에도 내가 다른 콘텐츠보다 책을 계속 이야기하는 건 내가 책을 좋아해서이기도 하지만, 내가 좋아하는 것을 다른 사람들에게도 알리고 싶어서다. 나는 앞으로 더 많은 사람들이 책을 읽고 변화할 수 있기를 바란다. 그 변화된 경험으로 우리가 이어질 수 있다고 믿기 때문이다.

고마운
마음

아! 잃어버렸다. 지갑. 어디에서 잃어버렸을까, 어디에 있을까. 지갑뿐만 아니라 정신머리까지 같이 잃어버린 것 같다. 내 지갑은 도대체 어디에 있을까. 당황했다. 술을 마신 것도 아니었고, 정신없이 바쁜 상황도 아니었다. 그럼에도 지갑을 잃어버리다니. 과장님과 함께 외근이 있던 날이었다. 서울에 위치한 사무실에 업무차 들러 서류에 도장을 받았고, 그 이후 신간을 출간할 작가님과 행사 건으로 미팅을 했다. 이때까지만 해도 당연히 지갑이 없어졌을 거라 생각도 못 했다. 미팅이 끝나고 집으로 가려다 엉덩이 쪽이 허전해서 만져보니 지갑이 없었다. 그제야 깨달았다. 지갑이 없어졌다는 걸. 과연 내지갑은 어디로 사라졌을까.

찬찬히 생각해봤다. 아까 들렀던 사무실에서 도장을 찍을 때 책상 위에 올려놓고 그대로 나왔나? 아니면 화장실에 갔을 때 소변기 위에 올려놓고 왔나? 그것도 아니면 미팅을 했던 카페에 놔두고 왔나? 과장님한테 지갑이 없어진 것 같다고 말씀드렸다. 수중에 1원 한 푼도 없어서, 집에 가는 건 둘째 치고 지갑을 찾아보려면 과장님의 도움이 필요했기 때문이다. 과장님의 차를 얻어 타고 일단 미팅을 했던 카페로 갔다. 없었다. 아까 들렀던 사무실로 향했다. 머릿속에는 그래도 거기에는 있을 거야, 라고 희망을 가졌다. 그런데 없었다. 사무실 책상 위에도, 화장실 소변기 위에도. 절망적이었다. 아니, 그 절망의 한편에서도 희망적인 부분을 생각하기로 했다. 외근을 나올 때 과장님 차를 타고 나왔기에 버스카드를 찍지 않았으니까 본사에 두고 나왔을 수도 있다. 사람이란 참 대단하면서도 단순한 것 같다. 지갑을 잃어버렸다는 절망 속에서도, 분명히 있을 거란 확신을 가졌던 곳에 없을 때에도, 어떻게든 희망을 잃지 않으려 노력하는 내 모습을 보니 인류가 여태껏 멸망하지 않는 것이 이해가 되었다. 인류를 미래로 이끄는 원동력이 이런 희망이지 않을까 싶었다.

하지만 이런 희망도 잠시, 이미 퇴근 시간이 지나 회사로 들어가 확인하기에는 늦었고 또 회사로 갔다가 없으면 다시 나오는 길이 상당히 괴로울 것 같았다. 어떻게 해야 할지 안절부절못하고 있는데 갑자기 카드 한 장과 현금 2만원이 내 눈앞에 나타났다. 희망의 끈을 놓지 못했다고는 하나 사실은 멘탈이 탈곡기에 탈탈탈 털린 것처럼 정신을 못 차리고 있을 때라서 어안이 벙벙했다. 이건 뭐지, 하고 정신을 차려보니 나는 과장님과 함께 외근을 나온 사실조차 망각하고 있었고, 그 카드와 현금은 과장님이 지갑에서 꺼내주신 것이었다. 이 시간까지 나를 위해 고생해주신 분을 까맣게 잊고 있었다니 너무나 죄송했다. 아무튼 당장 집에는 가야 하겠으니 염치가 없지만 현금만 빌리겠다고 말씀드렸다. 그러자 과장님이 '사람 일은 어떻게 될지 모른다'고, 당장 쓰지 않더라도 급하게 써야 될 일이 있을 때는 어떻게 하느냐고 일단 가지고라도 있으라며 카드를 내 손에 쥐여주셨다. 아이 때문에 끝까지 같이 찾아봐주지 못해서 미안하다는 말과 함께.

지갑을 잃어버린 것도 잃어버린 거지만 과장님이 전해준 카드와 현금에 대해 생각하느라 한동안 그 자리에 멍하니 서 있었다. 같은 회사에서 마케팅 부서에 소속되어 있지만 작년에 다른 팀에 있다가 지금 팀으로 온 지 몇 개월 안 되어서 호흡을 맞출 일이 거의 없었다. 그런데 내가 뭐라고 이런 호의를 받는 걸까 생각했다. 감사하고도 죄송스러운, 복잡한 마음이

교차했다.

✕

그건 그렇고, 도대체 내 지갑은 어디로 사라졌을까. 본사에 있을 거란 자그마한 희망을 안고 거기에 조금의 용기를 더해 집으로 왔다. 책을 읽으려 했는데, 아까 파주로 돌아가볼걸 그랬나 싶은 생각이 계속 머릿속을 맴돌았다. 그런데 갑자기 과장님한테 메시지가 왔다. 회사에서 야근 중이시던 부장님께 혹시나 내 책상에 지갑이 있는지 확인해달라고 부탁했단다. 그런데 내 자리에도 없다고, 어디에 뒀는지 다시 잘 생각해보라고.

그런데 그 메시지를 보는 순간 지갑을 정말 잃어버렸구나 하는 허탈한 마음보다, 그러니까 본사에 있을 거란 희망이 깨진 것보다, 끝까지 나를 신경써준 과장님의 마음이 나에게 남았다. 아까까지 절망이었던 마음이 '그래, 지갑이야 다시 사면 되지, 뭐'라고 변하면서 심신의 안정이 찾아왔다. 인간은 역시 마음을 어떻게 먹느냐에 따라 모든 것이 달라진다. 밤에 잠들 수 없을 줄 알았는데 과장님 덕분에 깊은 잠을 잘 수 있었다. 꿈도 꾸지 않을 정도로.

다음 날 회사 출근길에 문득 생각이 났다. 작가님과 미팅을 할 때, 행사에 쓰려고 만들었던 사은품을 전달하기 위해 쇼핑백을 하나 가지고 갔었다는 걸. 작가님께 여쭤보고 그 쇼핑백에 내 지갑이 들어 있다는 걸 알게 되었다. 천만다행으로 지갑을 찾을 수 있었고, 그 지갑은 현재까지 잘 쓰고 있다.

살아가면서 고마운 마음을 많이 받고 산다. 평소엔 잘 모르고 지내지만 곰곰이 생각해보면 꽤 많을 것이다. 사람과 사람 사이에서 그 고마움은 관계에 탄탄한 이음새 역할을 하다가 시간이 흐르면 잊히기도 하고, 다투거나 소원해지면 퇴색되기도 한다. 나는 그 고마운 마음들을 하나하나 잊지 않고 싶다. 잊지 않으려 노력한다면, 그로 인해 우리의 관계는 계속 더 단단해지지 않을까.

이 글을 읽어주시는 여러분께도 고맙다. 덕분에 이렇게 글을 쓰면서, 고마운 마음을 잊지 않고 기록하며 살아갈 수 있다. 앞으로도 오랜 시간, 나와 여러분이 우리라는 말로 함께하기를 바라며.

아버지의
입원

나에게 가족이란 조금 특별한 의미를 가지고 있다. 또래보다 고령의 아버지를 둔 나는 하루하루 더 나이가 들어가며 약해지는 아버지를 보면서, 큰일이 닥쳤을 때 갑작스레 무너지지 않게 마음의 준비를 하고 있다. 그럼에도 아침에 일어나 같이 식사하는 아버지를 보면, 아직 정정하시구나, 건강하시구나, 생각하며 조금은 느슨해져 안도한다. 마치 아버지가 평생 내 곁에 있어주실 것처럼, 마음이 풀어진다.

며칠 전 아침, 아버지가 조금 이상했다. 평소의 아버지가 아니었다. 물컵을 두 번이나 엎지르고 바닥을 닦던 휴지를 자신의 국그릇에 떨어뜨리고도 행동을 인지하지 못했고, 발음이 이상했다. 자신이 생각한 대로 말을 못 하다가 집에 있는 비상용

청심환을 드신 후 다시 식사를 하시길래 괜찮아지신 것 같아 어머니께 무슨 일 있으면 전화하라는 말을 하고 출근했다.

결국 그날 아버지는 구급차를 타고 집 근처 대학병원으로 갔고, 한 번의 CT 촬영과 두 번의 MRI 촬영으로 뇌경색이라는 진단을 받았다. 회사에서 연락을 받고 서둘러 아버지에게로 가 보니, 힘없이 누워 계셨다. 팔에는 링거를 맞는 큰 주삿바늘이 꽂혀 있었다. 이런 아버지의 모습은 처음이었다. 평소 마음의 준비를 한다고 했지만, 나같이 연약한 존재에게는 가능하지 않은 것임을 깨달았다. 마음이 무너졌다.

아버지가 입원하고 난 뒤 아버지도 어머니도 나도 힘들었지만, 그러면서 알게 된 것들이 있었다. 바로, 당연하다 여겼기에 가장 소홀해질 수도 있었던 아버지의 존재였다. 아버지와 한 집에서 같이 일어나고, 먹고, 자고 생활했기에 모든 순간 언제나 곁에 계시리란 마음이 들었던 것 같다. 하지만 아버지가 아프시고 난 뒤 낮에는 아버지의 병간호를 하고, 저녁에는 어머니와 교대 후 집에서 자고 일어나면서 평소 늘 계셨던, 나의 출근길 아침을 배웅해주시던 아버지의 빈자리를 실감하게 되었다. 너무나 쓸쓸했다. 언젠가는 이런 쓸쓸함을 평생 겪어야 할지 모른다는 사실이 지금은 많이 두렵다. 아직은 모른 척 지나가고 싶다.

주말 동안 아버지와 함께 병원에 있으면서, 아버지와 한 공간에 이렇게 오래 있었던 적이 언제였는지 떠올려봤다. 평일에는 퇴근하고 들어오면 피곤하다고, 또는 읽어야 할 책이 있다고 인사만 하고 바로 방에 틀어박혔다. 심지어 밥도 방에서 혼자 먹었다. 주말에는 쉬고 싶다는 말과 함께 화장실을 갈 때 빼고는 방에서 나오지 않은 적도 많다. 아버지는 아픈 와중에도 나를 오래 볼 수 있어서 좋다고 하셨다. 한집에 있다고 함께한다고 생각했던 내가 너무 멍청하게 느껴졌다.

아버지의 아픔으로 인해 힘든 시간 속에서도, 내 주변 분들과 SNS에서 알고 지내는 분들이 다정하고 따뜻한 마음을 보내주셨다. 누군가는 SNS가 인생의 낭비라고 얘기했지만, 내 인생에서 SNS는 축복이라고 말하고 싶다. 덕분에 많은 배려로 잠시나마 몸과 마음을 추스를 수 있었다. 다시 한번 소중한 사람들과 소중한 것들을 깨닫는다.

첫인상

길지 않은 삶을 살아왔지만, 사람은 처음 보이는 이미지가 굉장히 중요하다는 것쯤은 알고 있다. 적어도 나는 그렇게 생각한다. 그래서 일적으로든 사적으로든 누군가를 처음 만나는 자리가 생기면 최대한 깔끔하게, 머리부터 옷까지 신경 써서 나가고는 한다. 만약 첫인상이 좋지 않았다면? 그에 대한 부정적인 이미지는 상당히 오래가며 이미 박힌 이미지를 좋게 바꾸는 건 굉장히 어렵거나 불가능한 일이다.

배가 고파 밥을 먹으러 간 식당이 있다. 메뉴판 사진에 비해 현저히 적어 보이는 재료의 양과 생각했던 맛이 아닐 때 나는 다신 이 식당에 오지 말아야지 생각한다. 메뉴판에 보이는 사진과 재료의 양이 같고 맛도 있어서 맛집이라 부를 수는 있지만, 일하시는 분이 나를 대하는 태도가 엉망이라면 또한 그 식당에 가고 싶은 이유가 사라진다. (물론 맛과 태도에 대한 기준은 나의 주관적인 판단이기에 내 생각엔 이상해도 일하는 사람에게는 그것이 자신의 기준일 수 있다.)

나에게 몇몇 경우가 그랬다. 일이 있어 택시를 탔는데 기사님이 정치에 관한 말을 하거나 길을 일부러 멀리 돌아서 갔을 때, 음식점에 갔는데 불친절하거나 맛이 없었을 때, 쉽사리 이미지가 변하지 않았다. 아프면 어쩔 수 없이 가야 하는 병원도 불친절한 간호사님으로 인해 첫 이미지가 안 좋았다. 한번 싫으면 계속 싫어하는 비뚤어진(?) 성격의 나로서는 필요한 경우 어쩔 수 없이 이용이야 하겠지만, 그렇게 잘못 박힌 이미지가 쉽사리 바뀔 것 같지 않았다.

그러나 최근 그런 나의 고정관념을 바꾸는 계기들이 있었다. 부모님이 입원하신 후 내 목에는 언제나 보호자 출입증이 걸려 있었다. 집에서 택시를 불러 병원에 가거나 병원에서 택시를 잡고 집으로 갈 때, 내 표정을 보고 안부를 묻거나 조용히 노래를 틀어주는 기사님들이 있었다. 분명 그 전에도 몇 번 느낀 친절이었을 테지만, 내가 처한 상황이 이러하다 보니 기사님들의 배려가 더욱 크게 느껴졌다.

간호사님들도 그랬다. 어렸을 적 장염과 위궤양이 동시에 와서 병원에 입원했던 적이 있다. 그때를 제외하곤 크게 아픈 적이 없어 동네 병원에서 통원치료만 가끔 받았다. 그래서 정확히 간호사들이 무슨 일을 하는지 알 수 없었고, 저들은 왜 아파서 온 사람들에게 친절하지 못할까 하는 생각만 박혀 있었는데, 입원하신 부모님의 병간호로 병원에서 살다시피 하게 되자 간호사라는 직업의 고생을 알게 되었다. 환자를 어르고 달래어 약을 먹여야 하고, 주사를 거부하는 환자에게 주사도 놓아야 하고, 가끔은 다른 사람의 똥오줌을 받아내야 하는 상황도 있었다. 특히나 힘들어 보인 것은 교대근무였다. 나도 새벽까지 하는 교대근무를 해봐서 안다. 사람은 자신만의 리듬이 있는데 교대근무는 그 리듬을 지킬 수 없다. 생계 때문에 하는 일이기도 하겠지만, 그 이상의 사명감이 없으면 지속할 수 없다고 느꼈다. 사람을 살리는 일이라는 신념 말이다. 그렇게 지켜보다 보니 그들의 숭고한 정신에 존경심마저 생겼다.

"인생에 '절대'라는 것은 없다."라는 말을 좋아한다. 하지만 첫인상에 대한 것은 늘 별개라고 생각했다. 한번 박힌 부정적인 이미지는 좋아지지 않는다고 여겼다. 그것도 절대적으로.

하지만, 나의 '절대'는 단 며칠 동안 사람들이 보여준 따뜻함

앞에 속절없이 무너졌다. 결국 사람은 사랑이고, 우리 모두 같은 사람이기에 서로 이어질 수 있는 것이었다.

꿈과
행복의
상관관계

우리는 태어나고 자라면서 조금씩 꿈과 장래희망을 바꿔간다. 대통령, 세계 정복, 우주 제패의 꿈을 누구나 한번쯤은 가져봤을 것이다. 어렸을 적 내 꿈은 태권도 선수였다. 여섯 살 무렵 태권도를 시작했는데, 나름 소질이 있었는지 여러 번 대회에 나가 메달을 땄다. 그러다 보니 자연스럽게 태권도 선수가 되고 싶다는 생각을 품었고, 국가대표가 되어서 세계 대회에 나가 메달을 딴 뒤 평생 놀고먹어야지 하는 허튼 꿈도 꾸었다.

하지만 선수가 되기 위해 무리한 운동을 했고, 그로 인해 뜻하지 않은 부상을 입어 그 꿈을 포기할 수밖에 없었다. 한창 예민한 중학생 시절에 그렇게 된 탓에 방황을 했다. 그렇게 방황하던 때에 PC방이 갑자기 유행하기 시작했고, 유행에 민감할 나이다 보니 자연스럽게 PC방을 자주 찾았는데, 그 당시에 유행했던 게임이 '스타크래프트'였다. 처음에는 하는 방법을 몰라서 같이 갔던 친구들에게 욕을 많이 얻어먹었는데, 욕을 먹은 게 너무 억울해서 더 열심히 했고, 불과 며칠 사이에 내가 그들에게 욕하는 날이 왔다. 그렇다. 나는 생각보다 게임에 소질이 있었다. 마침 운명의 계시인지 프로게이머라는 직업이 각광받기 시작했고, 이 정도 소질이 있으면 나도 도전할 수 있지 않을까 싶어서 밥 먹으면 컴퓨터 앞에 앉아 게임만 했다. 계속하면 느는 건 모든 것에 통하는 법칙인 것 같다. 밥 먹고 게임만 한 덕에 실력이 많이 늘었고, 가끔 대회도 나가기 시작하면서 게임할 때 쓰는 아이디가 조금씩 알려지기도 했다.

당시 준프로게이머 자격을 취득할 수 있는 커리지 매치라는 대회에서 우승하면, 프로게이머에 한발 다가설 수 있었다. 5회전이 결승이고, 3회전까지만 가도 유명한 길드에서 스카웃 제의가 올 정도의 수준급 대회였는데, 나는 늘 3회에서 떨어지고 말았다. 집에서 온라인으로 할 때는 정말 잘한다고 스스로 생각했는데, 이상하게 대회에만 나가면 많은 사람들이 지켜보고 있어서인지 긴장해서 떨림이 심해지고 실수를 연발했다. 그렇게 게임을 하며 세월을 보내다 보니 고등학생이던 나는 어느덧

스물한 살이 되어 있었다. 군대도 가야 했고, 프로게이머에 계속 도전을 해야 할지 이젠 접어야 할지 슬슬 고민이 되던 시점이었다. 이번에도 대회에서 탈락하면 입대하겠다고 어머니에게 내 결심을 전했다. 그렇게 비장한 각오로 장비를 챙겨 대회장으로 향하고는, 대회가 끝난 후 바로 군대로 향했다는 슬픈 이야기.

여담이지만 마지막 대회에서도 3회전에서 탈락했다. 그때 나를 이긴 사람은 대회에서 우승한 뒤 내가 가고 싶었던 팀에서 프로게이머 생활을 시작했다. 3전 2선승제였던 대회에서 1승 1패였고 마지막에 다 이겼다고 방심하다가 역전을 당했다. 나는 덕분에 프로게이머가 되진 못했지만, 그는 나를 이기고 프로게이머가 됐으니 행복했겠지. 누군가의 꿈에 약간은 일조했다는 생각을, 이 글을 쓰면서 처음으로 해봤다. 글쓰기란 이런 힘이 있구나 싶다. 물론 과거에는 그 사람을 많이 원망하기도 했지만. 과거니까, 뭐.

내가 생각했던 꿈과, 그 꿈을 이루기 위해 했던 일들에 대해 너무 길게 쓴 것 같다. 왜 묻지도 않은 걸 길게도 적었느냐고 묻는다면, "그냥."이라고 말하고 싶다는 건 농담이고. '과거에 꿈을 이루지 못했다고 내가 지금 행복하지 않은가?'에 관해 이야기하고 싶었기 때문이다.

요즘의 나는 특별한 꿈은 없다. 부모님이 건강하게 내 곁에 오래 계셨으면 하는 것과 지금 만나고 있는 친구와 한평생 행복하게 지내는 것. 그리고 내 주위에 있는 소중한 사람들이 건강할 것. 뭐, 가끔은 로또를 사서 1등 당첨이 되는 꿈도 꾼다. 하지만 이것은 희망사항이고, 살면서 무엇을 이루고 싶으냐고 또 묻는다면 잘 모르겠다. 지금 다니는 회사에서 오래 버텨서 더 높은 위치까지 올라가보고 싶기도 하고, 내 이름으로 된 서점을 차려보고 싶기도 하다.

그래도 지금은 어렸을 때보다는 현실적인 꿈을 꾸는 듯하다. 회사에서 승진하기 위해 열심히 일한 지 약 1년 7개월이 됐고, 부모님의 건강을 위해 운동화도 사드리고, 여자친구와 한평생 잘 살기 위해 돈도 열심히 모으고 있다. 미래에 서점을 차리기 위해 책도 많이 읽는다. 이것도 꿈을 위한 나의 조그만 노력이라고 볼 수 있겠지.

나에게 꿈이란 미래와도 같은 것이다. 내가 상상하는 미래를 이루기 위해 현재에서 노력한다. 그런데 미래의 내가 행복하기 위해 현재의 내가 너무 슬프게 버티고 있지는 않은가 하는 생각도 가끔은 든다. 과거와 현재와 미래가 다 같이 행복할 방법은 없을까. 현재에 충실한 것만이 정답일까. 고민들이 점점 더해진다.

답은 잘 모르겠다. 다시 내가 하고 싶은 말을 요약하자면 '꿈을 이루기 위해 현재의 나를 너무 고생시키지는 말자'라는 것이다. 행복은 생각보다 멀리 있지 않다. 우리가 꾸던 꿈이 실패했을 때에도 맛있는 밥을 먹으면 잠시라도 행복했을 테고, 누군가의 위로 덕분에 또 잠시 행복했을 것이다. 행복은 그렇게 내 마음 어딘가에 있다. 그러니까 누구나 언제든 다 행복할 수 있다고, 우리는 행복을 선택할 수 있다고 얘기해주고 싶다.

다시
오지 않는 지금,
여기

반복되는 일상이 늘 지겹다고 말하지만
지나간 시간은 과거이고, 다가오지 않은 시간은 미래다.

지금 타이핑을 치고 있는 이 시간도
이제는 과거가 되어버렸다.
당연하지만 미래는 아직 알 수 없다.

그렇게 생각하면 지금 반복되는 일상도
늘 새로운 시간이 될 수 있고,
조금은 지겹지 않게 보낼 수 있다.

지금, 여기에서의 시간을 좀 더 소중히 여기자.

이중성에
대하여

요즘 인간의 이중성에 대해서 많이 생각한다. 남을 보면서가 아니라 나를 돌이켜보면서 그렇다. 이것을 생각하게 된 제일 큰 계기는 SNS에서 보이는 나의 자아와 현실을 살아가는 내 자아가 많이 다른 것 같다고 느끼면서부터다. 아무래도 SNS는 불특정 다수가 보는 공간이므로 조금 더 나를 꾸미게 된다. 이 사실을 깨닫고 난 후로는 SNS에서 보이는 나의 이미지가 현실에서 마주했을 때 나의 모습과 다르지 않게끔 최대한 노력하려고 한다. 왜냐면 일을 하다가 현장에서 SNS의 사람들을 마주하기 때문이다. 사실 이런 것들 하나하나를 생각하며 사는 건 꽤 피곤한 일이다. 하지만 그래도 신경을 쓴다. 피곤함 속에서도 나를 잘 보이고 싶어 하는 것이다. 나에게서 볼 수 있는 이런 이중성.

내 나이 서른네 살이지만 군대를 전역하고 다니던 대학을 자퇴한 뒤 바로 사회로 나와 일을 시작했기에 비슷한 나이를 가진 친구들과 비교하면 사회경력이 제법 있는 편이다. 몇 번의 이직을 통해 여러 곳에서 근무를 했다. 직장 생활에서 늘 적응이 안 됐던 부분은, 그래서 퇴사를 결심했던 순간은 과도한 업무보다는 사람과의 관계 때문이었다. 앞에서는 친절했지만 실제로는 뒤에서 나를 오징어처럼 씹던(?) 사람들. 그렇다고 나는 그 사람들과 다르게 앞과 뒤가 똑같았을까. 그 사람들을 욕할 자격이 있을까. 묻는다면 그것은 아닐 것이다. 나도 그들을 뒤에서 욕했던 적이 있으니까.

한결같다는 것이 얼마나 어려운 일인지 다시 한번 생각한다. "나는 한결같은 사람이야."라고 말하는 사람 중 몇 명이나 진정으로 '한결같을' 수 있을까. 하지만 적어도 한결같기 위해 노력은 하고 싶다. 앞뒤가 똑같은 전화번호가 아닌 앞뒤가 똑같은 사람이 되고 싶다. 하지만 벌써 틀렸다. 월요일에 출근하기는 너무 싫은데, SNS에는 또 '다음 주에는 얼마나 많은 사람에게 책을 알릴 수 있을까'라고 글을 쓰려고 했다. 이놈의 이중적인 최초딩. 그렇지만 내일의 나는 조금 더 이중성에서 멀어진 사람이 되어보려 뭐라도 노력할 것이다. 이 글도 이중적이지 않기를 바라야지.

그런데, 이런들 어떠하고 저런들 어떠한가. 내가 이중적이면 어떻고 또 삼중적이면 어떤가. 그렇게 만든 가면 속 내 모습으로 내가 괜찮아졌다면, 다른 사람에게는 어떨지 몰라도 분명히 나에게만큼은 진실했을 테니. 이중성이란 게 꼭 나쁜 것만은 아닌 것 같다. 받아들이기 나름이지.

이 글을 읽어주는 분들에 대해서도 생각해본다. 과연 어떤 삶을 살고 계실까. 내가 오늘 쓴 글이 정답이 될 수 없어도 조금이라도 뭔가를 생각해보게 했다면 그것으로도 성공한 것이 아닐까. 언제나 그런 욕심을 조금 담아서 글을 쓰고는 한다. 모쪼록 여러분의 하루가, 일주일이 편안하길.

유난스러운
최초딩

나는 유난 떠는 걸 그렇게 좋아하는 편은 아니다. 그런데 갑자기 드는 생각. 유난이란 단어의 의미는 무엇일까.

유난: 언행이나 상태가 보통과 아주 다름. 또는 언행이 두드러지게 남과 달라 예측할 수 없는 데가 있음.

국어사전에서 유난이란 단어를 검색하면 위와 같이 알려주는데, 두 가지로 나눠서 생각해볼 수 있겠다. 첫 번째, 남과 다른 무엇. 두 번째, 예측 불가능함. 여기서 나는 전자를 좋아하지 않을까, 후자를 좋아하지 않을까. 사실 두 가지 다 좋아하지 않는다. 여기까지 적어놓고 내가 왜 유난스러운 걸 좋아하지 않을까 곰곰이 생각했는데, 내가 유난스럽기 때문이다. 나는 나 자신을 좋아하지 않는 편인 것 같다. 그렇다면 나는 뭐가 그렇게 유난스러울까.

1. 매일 살 빼겠다고 인스타그램에 유난을 떤다. 하지만 그날조차 고기를 먹고 술을 마시고 평소보다 더 먹기까지 한다. 다음 날 현타가 온다. 그러나 반성할 기미는 보이질 않고, 얼마 후 또다시 글을 올리고 유난을 떤다. 왜 그럴까.

2. 인스타그램에 게시글을 하나 올린 후, 안 그런 척하면서 '좋아요'가 몇 개나 눌리는지 댓글은 누가 쓰는지 수시로 인스타그램 앱을 실행시켜 확인해본다. 생각보다 많이 눌렸으면 뿌듯해하고, 그러지 않으면 실망한다. 그러면서도 겉으로는 내색하지 않는다. 속으로 애만 태울 뿐.

3. 오지랖이 넓다. 가끔 사람들이 자신이 처한 상황을 이야기하면서 책을 추천해달라고 요청하곤 한다. 그런 상황이 나한테 와닿을 때가 있다. 그럴 때는 내 책장에 그 책이 있다면 기꺼이 그 책을 선물한다. 물론 상대방에게 무언가 답례를 바라는 건 아니지만, 나도 인간인지라 최소한 책을 잘 받았다는 이야기는 듣고 싶다. 자신을 생각해서 선물해준 사람에게 그 정도의 말은 해줄 수 있지 않나? 물론 다 그렇지는 않지만, 생각

보다 그런 마음이 없는 사람들도 많은 듯하다. 이럴 때면 모든 사람이 나와 비슷할 거라고 기대했던 내 마음이 유난스럽다고 생각한다.

4. 나한테 조금이라도 호감을 보이면 금방 '나를 좋아하는구나' 생각해버리고 내가 잘하고 있다고 생각해버린다. 이건 유난스럽다고 말하기보다는 그냥 바보라고 말하는 것이 맞을지도 모르겠다.

내가 스스로를 유난스럽다고 느끼는 이유가 수십 개는 더 있을 것이다. 그중에서 대표적인 몇 가지만 적어보았는데, 왠지 유난스럽다기보다는 멍청하지만 착한 친구라는 느낌이 들었다. 은근히 나란 사람이 사랑스러운데(?) 라는 생각도 했다. 그리다 보니 유난이라는 단어기 예전만큼 싫지가 않다.

살아가면서 싫어하는 단어가 각자의 상황에 따라 생기고 또 없어지고는 할 것이다. 근데 어떤 단어가 유난히 오랜 시간 나를 괴롭히고 사라지지 않는다면, 그 단어를 적어놓고 내가 왜 그 단어를 싫어하는지 찬찬히 생각해보는 건 어떨까. 무언가 이유가 있을 것이다. 이유를 찾다 보면 자신을 돌아보게 되고, 바보 같은 자신의 모습도 사랑스러워 보이면서 그 싫어하는 단어가 좋아질지도 모르겠다.

　유난스러운 최초딩. 나쁘지 않은 것 같다. 나의 이 유난스러움 때문에 나를 아는 사람들이 조금 더 웃고, 즐기고, 행복해졌으면 좋겠다. 이 기회에 여러분도, 자신만의 사랑스러운 단어를 많이많이 만들었으면 좋겠다.

눈치
덕분에

살면서 눈치를 많이 보고 살았다. 막둥이로 태어난 나는 다른 가정과 비교해 연세가 높으신 부모님에게 과분한 사랑을 받았고, 그만큼 나이 차이가 제법 나는 형과 누나에게도 많은 관심(?)과 눈칫밥을 먹고 자랐다. (형과 누나는 아니라고 반발할 시도 모르지만.)

세 살 버릇 여든까지 간다는 말이 있듯이, 어려서 보던 눈치는 내가 유치원을 거쳐 초중고등학교를 거쳐 대학을 다니고 군대를 다녀올 때까지 계속됐다. 이 눈치를 보는 것이 군대를 다닐 때 그리고 전역해서 직장 생활을 하는 지금까지 도움이 되는 면이 있는데, 일단 주변 사람의 눈치를 계속 보고 있으면 그 사람에 대해서 많이 알게 된다는 점이다. 또 군대든 회사든 익숙해지면 긴장을 풀게 마련이고 긴장을 풀면 실수를 저지르게 되는데, 눈치를 많이 보는 사람은 긴장을 풀 시간이 없다. 그래서 11년이 넘는 직장 생활을 하는 동안 큰 실수를 한 적이 없다. 늘 눈치를 보며 살고 있는 덕분이다.

그러나 빛과 그림자가 있듯이 장점이 있으면 단점도 존재한다. 위에서 눈치의 장점을 이야기했으니 단점도 몇 가지 얘기해보자면, 첫 번째로 늘 피곤하다. 언제나 주위 사람이 무엇을 하는지에 눈과 귀가 열려 있다. 그렇다고 내 일을 하지 않는 것도 아니다. 그러다 보니 근무 시간에 남들보다 몇 배는 피곤하다. 퇴근해서 집에 오면, 종일 긴장하던 것이 풀려 이번에는 무기력함에 빠진다. 그래놓곤 다음 날 피곤한 몸을 이끌고 출근해 또다시 눈치를 보며 일한다.

회사를 다니면서 다른 사람들과 긴밀하게 협업할 일이 많아졌는데, 이런 루틴으로 지내다 보니 작년부터 몸이 많이 안 좋아진 것 같다. 자존감도 많이 낮아진 것 같다. 남들이 잘하고 있다고 말해주어도 스스로 잘하고 있다는 생각을 해본 적이 없다. 이것이 눈치와 무슨 상관이냐고 물을 수도 있다. 나는 고등학교를 졸업하고 대학에 진학하긴 했지만, 중간에 운이 좋아 취업에 성공했고 학생과 직장인이라는 기로에서 직장을 선택

했다. 대학을 자퇴했기에 졸업장이 없는 셈이다. 그래서 나의 최종학력은 고등학교 졸업이다. 지금 내가 다니고 있는 회사에서 고등학교 졸업, 즉 고졸이라고 불리는 사람은 나밖에 없다. 직원들끼리 어디 학교를 나왔느니 하는 이야기는 하지 않기에 내가 고졸인지 모르는 사람이 대부분이지만, 누군가 내가 학벌이 모자라 무시하진 않을까, 내가 배움이 모자라 업무 능력이 다른 사람에 비해 부족하지 않을까, 하는 눈치를 스스로 보고 있자니 가끔은 이런 자신이 너무 싫어질 때가 있다. 겉으로는 자존감이 높은 것처럼 말하고 행동하지만, 내 자존감은 그리 높지도 않고 영 높아질 기미도 안 보이는 것 같다.

눈치를 보는 일에 도가 튼 나는 이런 일에도 눈치를 본 적이 있다. 우리 회사에서는 국내 작가님들의 책을 많이 출간한다. 그래서 사인본이 필요할 때면, 회사로 사인하러 오시는 작가님들이 많다. 주로 내가 근무하는 층에서 사인이 이뤄지는데, 나는 좋아하는 작가님께 사인을 받고 싶은 마음과 혹시나 방해가 되진 않을까 하는 마음 사이에서 언제나 갈팡질팡한다. 지난번에는 몇 번이나 화장실을 가는 척 작가님이 계신 곳을 보며 눈치를 살폈다. 그러다가 내가 너무 화장실을 자주 가는 것도 눈치가 보이기 시작했다. 더 화장실을 갔다가는 소문이 이상하게 날 것 같았다. 책을 만지작거리다가 결국 다른 직원들이 사인을 받으러 가자 그제야 용기를 내어 "저도 받아도 될까요?"라는 말을 꺼냈다.

'세 살 버릇 여든까지 간다'는 말이 슬프다. 눈치를 보는 나의 이 습관이 고쳐지지 않을 것 같기 때문이다. 사실 억울할 때도 있다. 내가 이런 성격을 원한 것이 아니니까. 그렇지만 눈치를 보는 버릇 덕분에 인생에서 아주 큰 실수는 하지 않고 살아왔던 것 같으니까, 나쁜 점만 있는 건 아니다. 고쳐지지 않을 이 버릇이 언젠가는 나에게 힘이 되길, 이 눈치 덕에 내가 잘 살아갈 수 있다고 말할 수 있었으면 좋겠다.

창문 밖
자유

아버지를 뵈러 병원에 가기 위해 아파트 비상계단으로 내려가고 있었다. 3층에서 2층으로 2층에서 1층으로 내려가는데, 1층에서 새 한 마리가 밖으로 나가려고 유리창에 필사적으로 자신의 몸을 부딪치고 있었다.

우리 집은 비상계단 바로 옆에 있다. 층이 높지 않아서 평소 엘리베이터보다는 계단을 이용하는 편이다. 예전에는 아파트 복도와 비상계단에 유리창이 없었는데, 바람이 불면 춥다는 민원이 있었는지 언젠가부터 창문이 설치됐다. 비가 많이 오는 날이면 아파트 비상계단이 물바다가 되곤 했는데, 그것을 방지하기 위함인가 싶기도 했다. 어쨌든 아파트에서 주민을 위해 노력하고 있는 것 같아 다행이라고 생각했다.

새는 아마 비상계단 출입구로 들어와서 반대쪽으로 나가고 싶었던 것 같다. 필사적으로 유리창에 그 작은 몸을 부딪치고 있는 걸 보고 있자니, 새들이 사람이 설치해놓은 창문이나 방호벽을 미처 보지 못하고 날다가 부딪쳐 죽는 경우가 많다는 뉴스가 기억났다. 창피한 얘기지만, 처음에는 '뭐 이런 새대가리가 다 있지? 들어왔던 문으로 다시 나가면 되는 거잖아. 왜 꼭 저기로 나가려고 고생하는 거지?'라고 생각했다. 그렇게 필사적이던 새는 잠시 후 지쳤는지 자리를 잡고 앉았다. 나는 멍하니 그 새를 바라보았다.

창피한 얘기를 하나 더 하자면, 사실 처음 보는 그 새가 무서웠다. '문을 열어주는데 나한테 달려들면 어떻게 하지?' 생각도 들었다. 살면서 비둘기를 제외하고 새를 이렇게 가까이서 본 것은 처음이었기 때문이다. 잠시 쉬던 새는 밖으로 나가기 위해 다시 맹렬하게 유리창에 자신의 몸을 부딪치기 시작했다. 이런 새대가리가 있나 싶던 마음이었는데, 저렇게 열심히 노력하는 걸 보니 갑자기 응원해주고 싶은 마음으로 바뀌었다. 용기를 짜내 창문을 열어주고 싶었다. 발소리를 죽이고 살금살금 걸어가 창문을 조금씩 열었다. 새가 나갈 수 있을 정도로 창문을 열었는데도 새는 건너편에 있는 나무만 보고 옆의 열린 공간은 쳐다도 안 봤다. 손으로 잡아서 날려줄 정도의 용기는 안 생겨서 반대쪽 창문을 이용해 살살 새를 밀었다. 그때도 나한테 달려들까 봐 사실 조금 무서웠다. 새는 내가 밀어주는 대로 밀리다가 곧 열려 있는 공간을 통해 밖으로 날아갔다. 그때의 새는 자유로워 보였고, 내가 날 수 없는 공간을 훌륭하게 날아가는 멋진 새대가리로 보였다.

그 새를 보며 나도 그러고 있을지도 모르겠다고 생각했다. 들어온 곳으로 다시 나갈 수 있는데, 코앞만 보며 문이 없는 곳에서 달려들고 있을지도 모르겠다는 생각. 지쳐가는 나를 보며 도와주고 싶은데 나의 모습이 안쓰러워서 함부로 말을 건네지 못하는 사람들이 있을 수도 있겠다고 생각했다. 언젠가는 누군가가 열어준 틈으로 나가 현재보다 자유로워질 수 있을지 모르겠다고 생각하니, 무거웠던 마음이 잠시 가벼워졌다.

오늘 내가 도와준 저 새처럼, 나도 언젠가는 나를 도와주는 사람들이 열어놓은 그곳으로 나가서 힘차게 날 수 있기를. 그리고 앞만 보며 달리고 있는, 그래서 창문이 닫혀 있는 것도 모른 채 자꾸만 스스로를 상처 입히는 수많은 사람들에게 나 역시 주변을 둘러볼 수 있는 여유를 알려주는 사람이 되고 싶다고, 생각했다.

하루의
끝에서

오늘 하루 정말 많은 일이 있었다. 요즘 내 동선은 정말 간단한데, 평일에는 집-회사-병원-집. 주말은 더 간단하다. 회사를 가지 않으니까, 집-병원-집. 단순해 보이는 일상이지만, 그 일상 속 흐르는 시간에 정말 많은 일이 있다.

1. 예정대로면 아버지는 오늘 병원을 옮기셔야 했기에, 회사에 사정을 미리 얘기하고 연차를 썼다. 그런데 어제 갑자기 아버지가 열이 나서 피검사를 했는데, 염증 수치가 올라서 병원을 옮기지 못하게 됐다. 휴가를 철회하고 다시 회사를 가볼까 잠시 생각했지만, 혹시나 하는 마음에 그대로 두었다. 아침 8시가 지난 시각, 병원에서 전화가 왔다. 아버지의 담당 교수님이 나를 만나서 얘기를 좀 하고 싶다고. 회사를 쉬길 잘했다고

생각하며 병원으로 갔다. 담당 교수님은 자기가 의사 생활을 20년 넘게 했지만, 어떤 검사를 해도 자신의 예상이 전부 빗나간다고 이런 환자는 처음이라고 하셨다. 그러면서 복부 초음파와 채혈을 꼭 해야 하는데, 아버지께서 검사를 거부하시니 설득을 해달라고 부탁하셨다. 아버지 병실로 가면서 참 많은 생각을 했다. 내가 돈을 잘 벌어서 돈 걱정이 없었다면, 아버지는 검사를 거부하지 않았을까? 아버지가 검사를 거부하는 것은, 잦은 검사를 했음에도 자신이 어디가 아픈지 밝히지 못하는 병원에 불신이 생긴 탓도 있지만, 혹여나 자식들이 자신으로 인해 힘들어질까 걱정하는 마음이 더 크기 때문이었다. 아버지 손을 마주 잡고 얘기했다. 다행히도 아버지는 내 부탁을 들어주셨다.

2. 교수님이 초음파 검사를 바로 할 거라고 말했었는데, 병동으로 올라가니 간호사 선생님이 아버지가 아침 식사를 해서 지금 할 수 없다고 했다. 잠시 자리를 비워도 되겠다고 생각해 원무과에서 진료세부내역서를 떼고 집으로 가려고 하는데 갑자기 전화가 왔다. 간호사 선생님이었다. 주치의 선생님이 무조건 오늘 해야 한다고 하니, 혹시 다시 와서 아버지를 설득해 줄 수 있는가 하는 거였다. 서로 소통은 하고 있는 걸까 생각하며 잠깐 화가 났지만, 그래도 어쩌겠나. 다시 발걸음을 병원으

로 돌려 아버지께 설명해드렸고, 아버지는 알겠다고 하셨다.

3. 아버지의 복부 초음파 검사가 끝나고, 교수님께 전화가 왔다. 쓸개에서 염증이 발견됐다고 한다. 수술을 위해 일반외과로 전과를 해야 한다고 했다. 아버지는 신경과로 입원해서 재활의학과를 거쳐 일반외과까지 갔다. 걱정이 되는 것이 하나 있었다. 뇌경색 증상 때문에 먹는 약이 피를 묽게 하는데, 수술을 할 수 있는 건가? 혹시나 수술을 위해 약을 끊으면 뇌경색 증상이 다시 올 수도 있는 거 아닌가? 역시나 주치의 선생님도 그렇게 말씀하셨다. 그래도 어쩌겠는가. 염증 수치가 너무 높은 걸. 아픔은 아픔을 낳고, 세월은 어쩔 수 없는 것들을 너무 많이 만든다.

4. 병원을 옮길 거라 생각해서, 간병하시는 분께도 오늘까지만 부탁드린다고 말씀드렸었다. 그런데 병원을 옮기지 못하게 되었으니 다시 좀 더 일해주십사 부탁드렸는데, 월말까지는 해주실 수 있다고 했다. 다음 달 초에는 중국으로 돌아가야 해서 어쩔 수 없다고. 그게 어디냐 싶어 감사하다고 말씀드렸고, 그사이에 새로운 간병인을 구하면 되겠다고 생각해 안도의 한숨을 쉬었다. 저녁을 먹고 있는데 전화가 왔다. 코로나로 인해 예약해뒀던 비행기가 취소됐단다. 당장 내일 출발하는

비행기밖에 없어서 오늘까지밖에 못 하겠다고, 미안하다고 말씀하셨다.

저녁을 먹는 중이었는데, 숟가락을 내려놓고 바로 병원으로 가면서 간병인을 구할 수 있는 협회에 전화했다. 지금 당장은 없다고 말해서 절망하던 찰나, 다행히도 기존 간병인분이 자신의 후임자를 구해놓았다고 연락을 주셨다. 새로 간병해주실 분을 기다리면서 이런저런 얘기를 많이 나눴다. 옷깃만 스쳐도 인연이라고 하는데, 벌써 한 달 가까이 마주한 분이다. 어찌정이 들지 않을 수 있을까. 특히나 사람 가리고 예민하신 아버지가 아우라고 부를 정도로 아버지께 잘해주신 분이라서, 오늘 이후로는 볼 수 없는 것이 안타까웠다. 또 언제 다시 볼 수 있을까. 중국에서 건축 쪽 사업을 해보실 생각이라고 했다. 마지막 도전이라고 말씀하셔서, 진심으로 사업이 잘되기를 기도했다.

아버지는 정들었던 간병인분이 오늘까지만 일하는 것도 모르고 주무셨다. 오후에도 검사가 많아서 얼마나 고단하셨을까 싶어 깨우지 않고 간병인분을 보내드리려고 했는데, 아버지가 일어나실 때까지 기다렸다가 아버지께 자신이 왜 가야 하는지 설명도 하고, 인사도 나눈 뒤 자신이 다시 한국으로 왔을 때 병원이 아니라 밖에서 보자며 아버지를 안아주고 가셨다. 가시는 길에 보니 짐이 산더미 같았다. 생각해보니 23일간을 하루도 쉬지 않고 종일 아버지 곁에서 아버지가 하지 못하는 것을 해주신 것이었다. 나의 소중한 아버지를 지켜주었다. 부끄러운 얘기지만, 주위에서 간병인에 대해 하는 얘기들 때문에 부정적인 생각이 있었던 것이 사실이다. 직접 겪지 않은 관계에서 오해받는 걸 싫어하면서도 내가 그러고 있었던 거다. 감사하는 마음 한편에 부끄러움을 느끼면서, 다시는 직접 겪지 않은 일에 편견을 갖지 말자고 다짐했다.

✕

사람의 인연이란 어디에서 와서 어디로 가는 걸까 생각했다. 진정한 만남은 어떤 것이고, 어떻게 해야 그런 사람을 만날 수 있다는 말과 글을 접하곤 한다. 그러나 나는 이제 그런 말이나 글보다, 다양한 사람을 만나고 다양한 경험을 하다 보면 자연스럽게 마음에 남는 사람이 생기게 된다는 것을 깨닫게 된 것 같다. 중요한 것은 그 사람과의 인연을 이어가려고 스스로 노력해야 한다는 점이다.

소중한 시간을 내어 지금 이 글을 읽어주고 계신 여러분도 나에게는 소중한 인연이다. 이 소중한 인연이 끊어지지 않게, 잘 쓴 글은 아니라 해도 내가 진심을 다해 쓴 이 글로 조금은 따뜻한 마음이 남았으면 좋겠다고, 그런 마음으로 오늘을 살고 글에 담아본다.

2장

가끔은
삶에 지쳐도
다정함으로
이겨내고

잊지
말아야 할
것

회사에서 다른 부서 책장 옮기는 걸 돕다가 책장 바닥에 발등이 쓸렸다. 처음에는 별거 아니라고 생각했는데 시간이 지나서도 쓰라림이 느껴져서 살펴보니 살짝 패여서 피가 나고 있었다. 사람이 간사한 게, 그때까지는 아픈 줄 모르고 있다가 피를 보고 나니 확 아픈 느낌이 들었다. 마찬가지로, 소독하고 약을 바르고 밴드를 붙이고 상처를 가리니 아픔이 조금은 가시는 듯했다. 집에 도착해서 씻을 때도 방수 밴드를 붙여서 상처에 물이 닿지 않게 했다. 샤워 후에는 밴드를 떼고 약을 바르고 잤다.

다음 날, 자리에서 일어나 피곤함에 취한 채 어제 다쳤다는 사실을 망각하고는 밴드를 붙이지 않고 샤워를 하러 들어갔다.

아침에는 '뜨겁다'고 느낄 만큼의 온도로 샤워하는 것을 좋아하는데, 그 '뜨거운' 물이 발등에 난 상처로 직행하는 순간 비명을 질렀다. 움찔하면서 세면대에 무릎도 찍었다. 아침부터 오두방정은 정말.

여하튼 샤워를 끝내고 머리를 말리다가 문득 그런 생각이 들었다. 우리는 스스로에게 생채기를 내고도 그것을 잊고 사는 게 아닐까. 그래서 상처가 조금씩 더 커지고 다른 곳으로 퍼져나가서 더 아프게 되는 것 아닐까. 계속 상처를 봐주고, 약을 바르고, 밴드를 붙여 보호해야 하는데 너무 돌보지 않는 게 아닐까. 어쩌면 모르는 척하고 싶은 걸까.

몸이든 마음이든 여러분의 상처를 모르는 척하지 말고 보듬어주기를. 돌아오지 않을 오늘은, 부디 그런 날이 되기를.

괜찮은 척

가정용 혈압측정기를 인터넷으로 주문했다. 아버지 덕분에 매일 병원을 드나들다 보니 환자나 보호자들이 측정할 수 있는 혈압측정기가 보일 때마다 수시로 혈압을 재봤는데, 어떤 때는 130~140이 나오다가 높을 때는 150~160을 넘었다. 이완기 수치도 평균 수치인 80보다 높은 85~100 사이를 왔다 갔다 했다. 살이 찌고 나서 조금 올라갔던 혈압이지만, 이렇게까지 널뛰듯이 수치가 달랐던 적은 처음이라 겁났다. 아프면 안 되는 상황인데 나조차 어디 아픈 데가 있는 건 아닌가 싶어서. 그래도 건강한 '척'하고 살았다. 더불어 괜찮은 '척'도 했고.

얼마 전, 혈압이 너무 높게 나온 날에 고혈압 약을 먹고 계신 아버지보다 내 혈압이 더 높다며 장난스럽게 어머니한테 얘기했다가 엄청 혼났다. 그날 가정용 혈압측정기를 주문했다. 가정용 혈압측정기가 도착하고, 어머니 앞에서 혈압을 재봤는데 역시나 높게 나왔다. 어머니의 표정이 좋지 않았다. 뭔가 예전 같았으면 회초리로 종아리를 맞았을 분위기였는데, 이제 그럴 나이는 지나서인지 종아리는 안 맞았다. 어머니의 표정을 보며 나는 또 괜찮은 척하며 어머니를 안심시키려고 했다.

솔직히 너무 지치고 힘들었다. 출근하는데 현기증이 나서 계단에 앉아 어지럼증이 사라질 때까지 기다리는 바람에 셔틀버스를 타지 못한 날도 있었고, 일하다가도 자꾸 목 뒤가 자꾸 뭉치는 기분이 들었다. 그럼에도 나는 괜찮은 '척'할 수밖에 없었다.

왜 그래야 했을까. 정말 나 아니면 안 된다고 생각해서였을까. 길지 않은 인생에서 많지 않은 지식을 가지고 있지만, 몇 가지 믿는 것 중 한 가지는 굳이 내가 아니어도 시간은 지나고 날은 더해지고 인생은 흐른다는 것이다. 그러니까 구태여 내가 다 짊어지려고 하지 않아도 된다는 걸 알고 있는데, 아니, 알고 있었는데 이번에는 쉽지 않았다. 내가 아니면 안 되는 일도 있다는 것. 그것은 바로 부모님에 관련한 일이었다.

내가 부모님 대신 아플 수 있으면 대신하고 싶었다. 나는 젊으니까, 그나마 건강하니까 조금 더 방법이 있지 않을까 싶었다. 아픈 부모님을 바라보며 슬프지 않은 척, 힘들지 않은 척했지만, 점점 자신감이 사라졌다. 그래서 내가 대신 아프고 싶었다. 그럴 수만 있다면.

이런 와중에도 일을 잘하고 싶었다. 완벽할 순 없어도 못한다는 소리는 듣고 싶지 않았다. 힘드니까 더 칭찬받고 싶었던 것 같다. 근데 체력이 안 따라주었다. 힘이 부쳤다. 자꾸만 부족한 부분이 드러났다. 머리가 핑핑 돌아가지 않을 때 내가 이회사에서 월급을 받을 자격이 있나 생각했다. 그래서 어떻게든 더 열심히 하려고 했다. 근데 결국 '척'이었다. 최선을 다했다고 했지만, 최선을 다하는 '척'이었다. 거짓말을 좋아하지 않지만, 나 자신을 연기하듯 거짓으로 꾸민 그런 '척'들로 인해 나는 버텨낼 수 있었다. 기쁜 척, 힘들지 않은 척, 아프지 않은 척하는 그런 모든 날들이 꾸며낸 듯 이루어졌지만, 그로 인해 버텨내며 지금까지 왔다.

그래, 가끔이지만, 어떨까. 이런 나의 '척'들로 인해 누군가가 편해진다면, 이런 선의의 거짓말은 괜찮지 않을까.

생각도
걱정도 많은
사람

자가용을 산 뒤 차를 타고 출퇴근을 하고 있다. 며칠 전부터 갓길에 오토바이 한 대가 형태를 알아보기 힘들 정도로 파손된 것이 보였다. 저 정도의 파손이면 운전자는 사망했을 거라고 생각했는데, 며칠이 지나도 치워지지 않던 오토바이 위에 어느 순간부터 몇 개의 꽃다발이 놓여 있었다. 오토바이 운전자가 세상을 떠났다는 걸 알 수 있었다. 나이도, 이름도, 얼굴도 알 수 없지만, 그것을 보고 나도 고인이 된 운전자의 명복을 잠시 빌었다.

얼마 후, 오토바이가 보이지 않았다. 그리고 그 자리 위로 현수막이 걸렸다. '오토바이 동호회 여러분, 과속은 사망의 지름길입니다'라는 표어였다. 운전을 하면서 본 것이라 정확하진 않을 수도 있다. 그 현수막을 보고 나니 운전을 하다가 가슴이 꽉 막히며 죽어버리고 싶다고 생각했던 날들이 떠올랐다. 죽더라도 누구에게도 피해를 끼치지 않고 죽을 수 있는 방법이 없을까를 고민하던 나날이었다. 사실은 불과 어제저녁까지만 해도 그런 생각을 했다.

그런 날을 지내면서도 아침에는 출근을 하기 위해 일어났고, 샤워를 했고, 미팅이 있는 날에는 머리를 드라이하고 재킷을 걸쳐 입었다. 신발을 신고 출근하면서 나 자신이 너무나 한심하게 느껴졌다. 회사에 도착해 '안녕하세요'로 시작해서 '감사합니다'라는 말로 끝나는 메일을 몇 명에게 보냈다. 평상시와 다를 것 없는 일상의 시간들이 흘러갈 뿐인데, 왜 이렇게 답답한 걸까.

오늘 아침 출근길에 차가 빠르게 지나가는 도로 위에 차 한 대가 서 있었다. 젊은 사람 한 명과 나이가 제법 있어 보이는 몇 명의 어르신이 햇빛을 가리기 위해 모자를 쓰고 도로 한복판에 있는 꽃과 잡초를 정리하고 있었다. 삶을 어느 정도 살아내신 분들도 저렇게 하루하루를 꽉 채워 살아가는데 왜 나는 속 편하게 죽을 생각만 하고 있을까 싶었다.

나는 사실 생각이 많다. 생각이 많다는 건 걱정도 많다는 뜻이다. 거리를 걸으면서도, 주문한 무언가를 기다리면서도 늘 무언가를 생각한다. 그러면서 글감을 모으고, 나만의 시선으로 글을 쓰면서 묵은 감정들을 풀어내곤 한다.

그런데 요즘은 생각할 시간이 없었다. 그만큼 글을 쓸 수 있는 시간도 없었다. 묵은 감정들을 밖으로 내보내지 못하니 자꾸 쌓이는 것 같다. 힘들게 버텨냈던 하루, 묵은 감정들을 끄집어내어 풀어본다.

부재중
전화

아버지가 대학병원에서 재활병원으로 옮기셨다. 단순히 병원을 옮기는 일이라고 생각할 수도 있겠지만, 나에게는 꽤 중요한 일이었다.

아버지는 뇌경색으로 응급실에 가서 신경과를 통해 입원했고 신경과 치료를 마친 후 재활의학과로 전과하여 치료를 이어갔다. 대학병원 재활의학과에서 재활을 받을 수 있는 기간은 극히 짧다. 워낙 많은 사람이 치료를 받기 위해 대기하고 있기 때문이다. 그래서 신경과에서 재활의학과로 전과했을 때, 바뀐 주치의 선생님이 미리 재활병원을 알아봐달라고 요청했고, 나는 정신이 없던 와중에도 새로 병원을 알아볼 수밖에 없었다.

병원을 옮겨야 하는 날짜가 다가올수록 조급해졌다. 과연 새로운 병원에 아버지를 보내는 것이 괜찮을까 하는 생각마저 들었다. 심지어 나는 그때까지 재활병원이 어떤 곳인지도 자세히 알지 못했다. 그렇게 고군분투하며 지내던 날이었다. 무엇을 간절하게 바라면 하늘이 돕는가 보다. 평소에 알고 지내던 분이 내 사정을 알고 자신의 고객이던 재활병원에서 근무하는 과장님을 소개해주셨다. 통화 후에 아버지의 소견서와 MRI 결과 등을 보내서 입원 가능한지 확인을 했고, 다행히도 전원이 가능하다는 답을 받았다. 그동안 하루에 십만 원이나 하는 병간호비가 부담이었는데, 재활병원에는 공동간병실이라는 것이 있어서 비용도 조금 줄일 수 있다고 전해 들었다. 마음이 놓였다.

그런데 한시름 덜었다는 생각도 잠시였다. 일하고 있는데 병원에서 전화가 왔다. 아버지가 갑작스레 열이 38도까지 올랐으며 염증 수치가 정상 수치보다 50배 가까이 높아졌다는 것이었다. 코로나로 전 국민이 불안에 떨고 있는데다가 재활병원과 요양원에도 환자가 기하급수적으로 늘던 때였다. 열이 높으면 전원을 할 수 없었다. 아버지는 열이 38도를 넘는 상황에서도 병원에서 하는 검사를 거부했다. 나는 속이 새까맣게 탔다. 일도 바쁜데 왜 아버지까지 속을 썩이는 걸까. 다행히 몇 번의 설득 끝에 아버지는 검사를 받았고 염증이 있는 곳을 발견해

수술도 마쳤다. 수술 후 아버지는 조금씩 안정을 되찾았다. 하지만 예약해둔 재활병원으로는 옮겨갈 수 없었다. 공동간병실은 늘 예약이 차 있는 곳이라서 아버지와 나를 위해 비워둘 수 없던 것이었다. 병원에 사정을 얘기해서 며칠은 미뤄봤지만, 수술까지 잡히자 그 이상 비워놓아달라고 말하는 것이 불가능했다.

수술을 마치고 회복될 때쯤 다시 전원을 시도했다. 다행히 공동간병실 환자가 퇴원하고 빈자리가 있어서 예약을 할 수 있었다. 아버지가 열심히 재활을 받는 모습을 상상하며, 몸이 좋아지시길 기도했다. 전원을 하루 앞둔 날, 아버지는 다시 열이 38.5도까지 올랐다. 염증 수치도 다시 올랐으며 특히 헤모글로빈 수치가 정상 수치보다 현저히 낮았다. 긴급히 수혈하고 다시 먹는 항생제와 수액으로 치료에 나섰고 아버지는 그렇게 신경과에서 재활의학과로 재활의학과에서 일반외과로 또 일반외과에서 재활의학과로 왔다가 이번에는 감염내과로 갔다. 이번에도 전원할 수 있다는 희망이 꺾이자 절망이란 녀석이 몇 배로 내게 다가왔다. 다행히도 이번에는 별도의 수술 없이 약과 수액으로만 염증 수치를 잡을 수 있었고, 아버지는 다시 재활의학과로 돌아왔다. 뇌경색 재발로 입원한 지 한 달도 되지 않아 신경과–집중치료실–재활의학과–일반외과–재활의학

과-감염내과-재활의학과를 거쳤다. 재활병원으로 옮기려고
만 하면 이런 일이 생겨서 아버지가 병원을 옮기지 말라는 뜻
인가 하는 생각까지 들었다. 물론 예약해둔 병원에는 아버지의
상황을 말하고 죄송하다고 전했다.

사실 집으로 모셔도 됐지만, 아픈 어머니가 아버지를 돌볼
수 없었기에 집으로 모시면 내가 더 불안할 것 같았다. 그리고
매번 택시를 타고 병원에서 재활치료를 받고 다시 집으로 오시
는 것도 말이 안 됐다. 아버지의 상태가 안정된 후, 혹시나 하
는 마음에 다시 전원을 시도했다. 마침 전화를 걸었던 날 공동
간병실에서 퇴원하는 환자가 있었다. 기꺼운 마음으로 당장 예
약했다. 하지만 한편으로는 또 무슨 일이 생기는 게 아닐까 걱
정이 들었다. 몇 번의 고비를 넘겨 낸 아버지와 그 과정 속 간
절했던 내 마음이 하늘에 닿았던 것일까. 이번에는 큰일 없이
재활병원으로 옮길 수 있었다.

✕

대학병원에 계실 때는 평일과 주말, 시간도 상관없이 보호
자는 면회가 됐다. 그렇지만 재활병원은 주말로 면회가 한정
이 되어 있었고 시간도 정해져 있었다. 그러다 보니 아버지가

대학병원에 계실 때 가지지 못했던 내 시간이라는 것이 생겼다. 서점도 가고, 저녁도 먹고, 책도 읽을 수 있었다. 짧은 시간이지만 여자친구와 만나 커피도 마셨고 책도 읽었다. 처음에는 이게 꿈인가 싶을 정도였다. 내가 내 인생을 살아가면서 나를 위해 가지는 시간이 이렇게 좋을 줄은 상상도 하지 못했다. 두 달이 넘는 동안 아버지와 어머니를 위주로 내 생활이 돌아갔기에, 지금, 내게 주어진 시간이 너무나 감사했다. 그렇게 아버지가 재활병원으로 옮긴 후 내 시간은 차곡차곡 쌓여갔다.

아버지가 입원한 재활병원은 외출이 되질 않았다. 혼자 매점을 가는 것도 허락되지 않아서 아버지는 병실에서 앉아 있거나 누워 있는 것 빼고는 달리 할 일이 없었다. 그러다 보니 나에게 전화를 거는 횟수가 늘었다. 처음에는 아버지가 그래도 내 생각을 많이 한다고 생각했다. 그러나 쉬는 날에 조금이라도 늦잠을 자려고 하면 전화가 왔고, 일찍 일어난 날 낮잠이라도 자야지 하면 전화가 왔다. 전화 통화를 좋아하지 않는 나로서는 꽤 힘든 일이었다. 특히나 아버지가 뇌경색이 온 후 아버지의 말을 내가 80% 이상은 알아듣지 못한다는 것도 힘들었다. 마주하고 있을 땐 손짓과 발짓 등 몸짓을 통해서 알아듣기라도 했지만, 전화로는 그럴 수가 없다. 아버지의 전화 횟수가 늘어날수록 나는 괴로웠다. 핸드폰에 진동이 울리면 한숨부터 나왔고, 액정에 아버지라는 단어가 있으면 받고 싶지 않다는 생각까지 했다. 하지만 병실에 누워 전화를 거는 아버지의 모습을 상상하면 받을 수밖에 없었다.

내가 온전히 누릴 수 있는 시간이 늘어갈수록 내 시간을 더 가지고 싶다는 생각이 점점 더 차올랐다. 그런 생각을 하고 있는데 아버지께 전화가 왔다. 나도 힘든데 부정적인 아버지의 생각을, 그것도 잘 알아들을 수 없는 말로 들어야 한다고 생각하니 한숨이 자꾸 나왔다. 나도 모르게 진동이 울리고 있는 핸드폰을 뒤집고는 이불로 꽁꽁 둘러맸다. 그렇게 이불 속에서 울리던 진동음은 꺼졌다. 꺼진 것을 확인한 후 핸드폰을 보니 부재중 전화 알림창에 아버지라는 단어가 보였다. 그것을 보고도 다시 전화할 생각이 들지 않았다. 문득 아버지가 하루빨리 건강해지길 바라던 나의 간절함은 어디로 갔을까 하는 생각이 들었다. 결국 나는 효도와는 거리가 먼 사람인 걸까.

병실에 혼자 누워 계실 아버지의 모습을 상상하면 여전히 마음이 쓰리고 아프다. 사람은 영생이 아니기에 태어나서 죽음이 있다는 걸 잘 알고 있다. 그럼에도 죽기 전에 왜 이렇게 아픔이 있는 걸까. 그 아픔 때문에 본인도, 아픈 사람을 사랑하는 주변 사람도 더 아파지는데.

내 소중한 사람의 아픔을 생각하고 또 생각했다. 그리고 아픈 사람을 소중히 돌보는 다른 사람들에 대해서도 생각했다. 그들도 나처럼 간절함을 잃었을 때가 있었을까. 미안함을 넘어 죄책감이라는 감정이 찾아오기 전에, 나는 핸드폰의 부재중 알림에 뜬 아버지의 이름에 손가락을 올리고 울리는 통화음 너머에 있는 아버지를 떠올렸다.

마음에 드는
약

딩카(새로 산 차에 내 닉네임 최초딩의 끝 글자를 따서 딩카라는 이름을 붙여주었다)를 사고 며칠 지나지 않아 사고가 난 적이 있다. 자유로에서 앞차가 급정거했을 때, 나는 안전거리 확보로 멈췄지만 내 뒤에서 달려오던 차가 달려오던 속도를 이기지 못하고 딩카의 후방을 그대로 들이받았다. 차에서 내려 부딪힌 쪽을 살폈는데, 내 몸에도 차에도 크게 이상이 없었다. 금요일 저녁 퇴근 시간이어서 뒤에 차들이 줄줄이 서 있었다. 이상한 점이 없어서 따로 보험사를 부르지 않고 연락처만 받고 집에 왔다.

다음 날부터 이상하게 목이 아팠다. 부딪힌 충격이 이제야 오는구나 싶었다. 상대방에게 전화를 걸어 보험사에 접수를 부탁했는데, 나 몰라라 했다. 결국엔 블랙박스 영상을 보내 접수를 받았다. 나도 딩카를 카센터에 맡기고 보험사에 처리를 부탁했다. 후방에서 받힌 거라 상대방 과실 100%가 인정됐다. 처음에는 부딪힌 곳에 별 흠집이 없어서 괜찮을 거라 생각했지만, 카센터에서 수리한 딩카의 수리비용과 견적서를 보고 할 말을 잃었다. 눈으로 봤을 때와 뜯어서 좀 더 자세히 안을 들여다봤을 때의 차이가 있었나 보다.

예전에도 몇 번 처방받았던 '자낙스정'이라는 약을 처방받았다. 이 약을 처음 처방받았을 때, 약 봉투에 써진 약의 이름을 인터넷에 검색하고 적잖이 충격을 받았더랬다. 내가 정신신경용제를 복용해야 할 상황인가, 해서. 당시 나는 숨을 잘 쉬지 못하겠고, 저녁에는 잠을 잘 이루지 못했으며, 가끔 가슴이 너무 뛰고 심장 한 곳을 누가 쥐어짜거나 바늘로 찌르는 듯한 고통을 받았다. 매일 그런 건 아니고, 감정이 격해졌을 때 주로 그랬다. 오랫동안 다닌 내과 의원에서 처방을 받았는데, 내가 꽤 예민한 사람이란 걸 선생님도 알고 있었기에, 내가 처한 상황과 증상을 듣고 잠이라도 잘 자길 바란다며 처방해주신 것이었다. 다만, 이런 약은 먹으면 중독이 될 수 있고, 나중에는 내성이 생겨 복용 횟수나 양을 늘리는 수밖에 없다는 것을 어딘가에서 들었기에 나는 가능하면 먹지 않으려 노력했고, 증상이

심한 경우에만 어쩔 수 없이 복용했다. 먹으면 일시적으로 나아진 것 같기도 하고 또 아닌 것 같기도 했다.

×

한동안 약을 먹지 않았다. 약을 먹으면 졸음이 올 수 있기에, 일할 시간이 부족하고 운전도 해야 한다는 핑계를 대면서 밀어냈다. 그러나 내 몸을 제대로 돌보지 않은 대가는 컸다. 결국 내 입에서 내가 죽겠다는 말이 나왔을 때 다시 병원을 찾을 수밖에 없었고, 잠시 멀리했던 '자낙스정'을 다시 처방받았다. 증상이 나타날 때만 먹으라는 지시를 받았다. 약을 들고 한참을 바라봤다. '정신신경용제'라는 말이 참으로 거슬렸다. 다시 아픈 사람이 된 것 같았다.

내가 알던 한 사람이 있었다. 그의 마음이 부서지고 깨질 것 같았을 때, 어떻게든 깨지지 말라고 옆에서 안간힘을 다해 꼭 붙잡았다. 하지만 내가 도울 수 있는 것은 한계가 있었다. 결국 지속적인 충격에 그 마음은 부서졌다. 안간힘을 쓰면서 붙잡고 있던 시간만큼 금도 더 많이 갔는지, 더 잘게 부서졌다. 다시 붙이지도 못할 만큼. 내가 최선을 다해서 붙잡았던 만큼.

요즘 내 마음이 그랬다. 계획대로 되는 것이 하나도 없는 것처럼 느껴졌고, 그 결과 나에게 실망하는 날이 늘어만 갔다. 그나마 나를 믿어주는 사람이 있었기에, 그래도 잘 버텨내고 있구나 생각했는데, 아무래도 한계에 이르렀는지 그 사람에게 조금 싫은 소리를 듣자 나를 믿어주던 사람에게조차 이런 얘기를 들을 정도면 나는 영 아닌 거구나, 생각이 들어 더 큰 상처가 됐다.

안간힘을 써서 마음을 붙들고 있다. 어떻게든 깨뜨리지 않으려고. 여기서 깨지면 너무 잘게 부서져 새로운 마음을 둘 공간이 영영 없을 것 같아서. 약에 의존하고 싶지는 않다. 약은 그저 마음이 부서지지 않게 조금의 칠만 해주었으면 좋겠다. 마음을 붙드는 건 결국 나였으면. 스스로의 힘으로 금이 간 마음에 다시 새살이 돋아났으면 좋겠다고, 저녁이 되면 떠오르는, 그러나 잘 보이지 않는, 하지만 늘 그곳에 있을 달을 떠올리며 빌고 빌었다.

소란한
나날의
탈출구

힘들고 아플 때, 그러니까 도망치고 싶은 순간을 마주했을 때 자주 책 속으로 도망치는 편이다. 그중에서도 시집으로 많이 도망을 친다. 내가 시집 리뷰를 올렸을 땐 마음이, 그리고 상황이 많이 아픈 것일지도 모른다. (어제와 오늘, 서점에서 시집을 한 권씩 구입했다.)

내가 처한 상황에서 잠시 벗어나 시인들이 만들어놓은 세계로 잠시 도망친다. 그 세계가 너무나도 다양하고 아름다워 잠시 힘든 상황을 망각하게 된다. 물론 무조건 아름답진 않기에 오히려 현실을 직시하는 경우도 많다. (이런 걸 뼈 맞는다고 하던가?)

힘든 나날 속에 잠시 도망칠 수 있는 어떤 세계가 여러분에게도 있길 바라며.

애도의
마음들

며칠 전 즐겨 듣는 팟캐스트에서 추천한 책을 여러 권 샀다. 그중 『애도의 문장들』을 읽고 있다. 팟캐스트에서 소개한 부분도 마음에 와닿았고, 책을 좀 더 알아보려고 검색했을 때 표지에 쓰인 부제도 마음에 들었다. '삶의 마지막 공부를 위하여'라니.

내게 죽음은 어떤 의미일까 잠시 생각해보았다. 아직 소중한 이의 죽음을 경험한 적은 없다. 내게 소중한 이는 가족일 텐데, 현재 나의 가족은 숨을 쉬고 나와 대화를 나눌 수 있기 때문이다. 살아 있다는 뜻이다.

가족만큼은 아니지만, 타인보다는 가깝다고 할 수 있는 친척

의 죽음은 겪어보았다. 내가 아주 어렸을 적, 나와 닮았다는 친척 형의 죽음이었다. 젊었을 것이다. 내가 아주 어렸을 때니까. 그때 나는 죽음이라는 것을 알지 못했다. 안다는 것이 더 이상했을 법한 나이다. 내게 친척 형의 죽음은, 친척 형의 모습은 보이지 않고 덩그러니 놓인 사진 앞에 사람들이 모여 울고 있는 기억으로만 남아 있다. 둘째 이모의 죽음도 그러했다. 내가 중학생 시절이었다. 죽음이라는 것을 알긴 했지만, 그에 대해 깊게 생각해본 적은 없었다. 내게 죽음이란 '누군가를 다시 만날 수 없는 것'일 뿐, 그 외에는 달라지는 것이 없다고 생각했다. 명절 외에는 특별히 마주할 일이 없었던 둘째 이모의 죽음은 그저 이제 이모를 다시 볼 수 없게 되었구나 하는 생각으로 남았다. 너무 어렸다. 지금 생각해보면 제대로 명복을 빌어주지 못했던 것이 죄송스러울 뿐이다. 이제야 진심으로 돌아가신 두 분의 명복을 빈다. 좋은 곳에서 평안하시길.

서른다섯이 됐다. 삶도 죽음도 어떤 것인지 어느 정도 알게 된 나이. 살아오며 가까운 누군가의 죽음을 겪었고, 그 슬픔을 마주하는 건 꽤 힘든 일이었다. 여전히 큰 현실감이 없었던 것은 사실이다. 매일 마주하는 사람이 아니었기 때문이리라.

얼마 전, 재활병원에 적응하지 못하신 아버지가 집으로 돌아오셨다. 여러 가지 상황들이 있었는데, 그중에서도 개인간병인에서 공동간병인으로 바뀐 것이 크게 불편하신 듯했다. 처음에는 조금 원망하기도 했는데, 시간이 흐르면서 아버지와 함께 있는 시간을 좀 더 충실하게 보내려고 노력하고 있다.

요즘 나는 매일 죽음에 대해서 생각한다. 매일 아침 눈을 뜨면 내가 출근하기 전 아침밥을 챙겨주기 위해 음식을 준비하는 어머니의 모습을 보면서, 씻기 전 보일러를 켜려고 하면 이미 켜놓았다며 손을 흔들어주는 아버지의 모습을 보면서. 그들의 모습은 여전히 변함이 없다. 날 아껴주는 모습과 사랑해주는 모습. 하지만 내가 큰 만큼, 그들의 모습에서 점점 나이가 들었다는 것이 느껴진다. 출근하러 현관문을 나서는 내게 어머니와 아버지는 손을 흔들어준다. 내가 완전히 시야에서 사라질 때까지. 단순히 흔드는 손이지만, 그 손끝에서 마음을 본다. 아들이 잘 다녀오길, 집으로 무사히 돌아오길 바라는 마음을.

죽음이란 그런 것일까? 더 이상 아침에 일어났을 때 아침밥을 챙겨주기 위해 요리를 하는 어머니는 없다. 내 아침밥은 내가 챙겨 먹어야 한다. 씻기 전 보일러를 켜려는 내게 이미 켜놓았다고 말해주는 아버지도 없다. 현관문을 나서는 내게 손을 흔들어주는 이도 없다. 내게 죽음이란 그렇게 다가온다. 더 마주할 수 없는 나의 소중한 이. 내 눈으로 보고 만질 수 없는 이. 내 가슴속에서만 살아가는 이. 이런 생각들이 부쩍 많아져, 나를 미치게 만든다.

차를 운전해서 출근하는 길에는 전날 사고로 사망한 사람과 부상당한 사람의 숫자가 쓰여 있는 전광판이 있다. 어제는 사망 1명, 부상자 59명이었고, 오늘은 사망 7명, 부상자 70명이었다. 어딘가에서 큰 사고가 있었던 것일까. 세상을 살면서 나와는 마주친 적 없는 사람들이지만, 모두 누군가에게는 소중한 존재일 것이다. 세상을 떠난 이들의 명복을, 그리고 소중한 이를 잃은 슬픔에 잠긴 분들이 마음의 평안을 찾기를 바란다.

『애도의 문장들』을 읽다 울컥하는 바람에 마음이 몽글해진 상태에서 물을 마시기 위해 부엌으로 나갔다. 어머니는 피곤하신지 코를 골면서 잠들어 계셨고, 아버지는 그런 어머니 곁에서 발을 뻗고 앉아 TV를 보고 계셨다. 언젠가는… 이라는 말을 언젠가는 하게 되겠지만, 그 말을 내가 조금이라도 더 늦게 할 수 있었으면 좋겠다. 내 세상에서 가장 소중한 나의 부모님의 모습을 가능한 한 오래오래 지켜보고 싶다.

유명해지니까

가수 비의 노래 중에 〈내가 유명해지니 좋니〉라는 곡이 있다. 그 노래에 관해서 쓰려는 건 아니다. 그냥 '유명해지고 싶다'고 생각하니 떠오른 노래다. 어렸을 적에는 유명해지고 싶다고 생각했던 적이 없었던 것 같다. 오히려 낯을 가리는 소심한 성격이었다. 초등학교 4학년 시절에 〈마카레나〉라는 노래와 춤이 유행이었다. 알 수 없는 가사의 노래를 부르며 적당한 리듬에 맞춰 춤을 추다가 '에~ 마카레나'라는 후렴 부분이 나오면 엉덩이를 흔들어주면 됐다. 이 춤이 얼마나 유행이었으면 체육 시간에도 마카레나 춤을 추게 했다. 나는 그저 배운 대로 마카레나 노래에 맞춰 몸을 움직였을 뿐인데, 어느 날 전교생 앞에서 마카레나 노래에 맞춰 춤을 추고 있는 나를 발견했다. 사실 난 그렇게 하고 싶지 않았다. 다른 사람들 앞에서 춤을 추다니, 죽기보다 싫었다. 아니, 사실 죽어본 적은 없기에 죽기보다라고 표현할 수는 없겠지만, 아무튼 엄청 싫었다. 지금 생각해도 얼굴이 벌게진다. 눈앞에는 몇백 명이나 되는 동급생들이 있었고, 그 동급생들이 바라보는 구령대 위에 내가 있었다.

눈을 질끈 감고 귀만 열어둔 채 노래에 맞춰 춤을 췄던 것 같다. 동급생들에게 박수를 받으며 내려왔던 것 같기도 하다. 그때도 난 유명해지고 싶다는 생각은 전혀 하지 않았다.

그런데, 어른이 되어서는 좀 유명해지고 싶었다. 그렇다고 연예인이 되고 싶다거나 한 건 아니고, 그저 내가 인스타그램에 책 한 권을 소개하면 다음 날 그 책이 적게는 몇십 권, 많게는 몇백 권도 팔리는 영향력을 가지고 싶었다. 그것으로 돈을 벌거나 하고 싶었던 건 아니고, 그저 순수하게 책을 널리 알리는 사람이 되고 싶었다.

나름대로 열심히 했다. 누구는 하루에 글을 하나 써서 올리기도 어려워하는데, 나는 하루에 세 개씩 올렸다. 짧은 글도 아니고 긴 글을. 이렇게 할 때는 '유명해지고 싶다'는 마음이 분명히 있었다. 내가 책 소개를 하면 많이 판매될 거라는 기적을 바라며 팔로워를 모았다. 모았다, 라는 표현이 맞는 것인지 잘 모르겠다만, 아무튼 무진장 열심히 했다. 그러다 보니 실제로 팔로워가 조금씩 늘었다. 좋았다. 어느 날은 하루에 팔로워가 몇백 명씩 늘기도 했다. 내가 원했던 '유명해지고 있다'는 느낌을 받았다. 서점에 갔을 때 알아보는 이들도 있었다. 같이 사진을 찍자는 독자도 있었고, 선물을 보내주는 이들도 생겼다. 더 노력하면 앞으로 내가 원했던 것이 이루어질 거로 생각했다.

목표가 눈앞에 보이면 사람은 점점 더 열심히 하게 되는 법이다. 그런데, 열심히 하는 것이 독이 되리라는 건 몰랐다. 어느 날 문득 내 계정을 돌아봤다. 순전히 책 이야기였다. 나는 책으로 유명해지고 싶은 건 맞았지만, 책보다는 내가 더 있길 바랐다. 그 뒤로는 책을 등에 업고 내 이야기를 더 많이 올렸다. 팔로워가 더 많이 늘었다. 글을 올리면 몇 분 만에 '좋아요' 몇십 개가 눌렸다. 댓글도 많이 달렸다. 그러다 보니 어느덧 책 관련 글보다 내 이야기가 더 많아졌다. 어떤 글을 올릴까 고민하다 보면 책은 늘 뒷전으로 미뤄졌다.

사람들은 참 신기했다. 좋은 일보다 좋지 않은 일에 더 많은 '좋아요'가 눌렸다. 그러다 보니 조금은 의식하게 됐고, 좋지 않은 일을 숨기지 않고 계속 올리게 됐다. 사람들의 걱정이 늘었고, 나는 그 걱정거리에 눌리는 '좋아요'와 달리는 '댓글'에 심취했다. 그러나 몰랐다. 그런 글이 불편한 사람도 있을 거라는 걸.

며칠 전에 누군가와 점심을 먹으면서 이야기를 나누었다. 사실 이야기를 나눴다기보다 나에 대한 평가와 조언을 들었다. 내 걱정이긴 했지만, 썩 좋은 느낌은 아니었다. 유명해지고 싶어서 노력했고, 조금이지만 유명해졌다고 생각했는데, 유명해지기만 하면 다 좋을 줄 알았는데, 그에 따르는 불편한 점도 있다는 걸 새삼 깨달았다. 무엇이든지 득이 있으면 실이 있는 법이라는 걸. 그러면서도 한편으로는 앞으로 더 유명해질 수 있을까? 생각했다. 더 유명해지면 불편해지는 일도 더 많이 생기겠지? 그렇게 생각하니 유명해지고 싶지 않은 기분이었다. 그렇게나 원했는데. 지금만 해도 책 이야기보다 개인적인 이야기에, 그중에서도 내가 힘들다고 쓰는 글에 유독 더 많은 '좋아요'가 눌린다. 그런데 그것을 불편해하는 사람들도 있다는 것을 알게 되니, 혼란스러웠다. 힘든 일을 글로 풀어내면서 나름대로 출구를 찾기도 했는데, 나로서는 응어리진 마음을 풀어낼 곳이 없어진 듯한 느낌이 들기도 했다.

몇 번이고 마음을 쓰고 지워낸다. 내가 힘들지 않았는데 힘들었다고 썼던 적은 없다. 힘들었기에 힘든 상황을 쓰고 힘들다고 썼다. 그것이 내 잘못인가. 내가 유명하지 않았다면 그것이 문제가 됐을까. 모르겠다. 적어도 팔로워가 적었을 땐 그렇게 문제가 되진 않았던 것 같다.

조금이나마 유명해진 덕분에 지금 회사에 이직해서 예전 월급과 비교해 좀 더 나은 월급을 받으며 그 월급으로 밥을 먹고 여러 가지를 하며 산다. 회사에서 인원을 보충하기 위해 이력서를 받고 면접을 보면 입사하려는 분들에게서 내 이야기가 심심치 않게 나온다고 한다. 이 정도면 유명해진 것은 맞는데, 며칠 전 들은 이야기로 '유명해진다'는 것이 썩 달갑지만은 않다.

그렇다고 지금이 후회스럽냐고 물었을 때 쉽사리 후회한다고 대답할 수도 없다. 여전히 나는 유명해지고 싶기 때문이다. 어느 쪽이 좋은지 모르겠다. 지금도 이런데 진짜로 유명해지면 불편한 일도 더 많이 생길 것이다. 하지만, 한 가지는 확실하다. 그런 불편함을 겪더라도 내가 책이란 것을 소개하고 반응을 얻는다면, 단 몇 권이라도 팔린다면 기분이 좋을 것이다. 언제나 솔직한 내 마음은 그렇다.

소소한
즐거움

하나에 꽂히면 그것을 주구장창 즐기는 스타일이다. 요즘에는 유튜브로 노래를 듣는 것에 빠졌다. 유튜브에는 몇 년도부터 몇 년도까지 유행했던 노래를 장르별로 다양하게 정리해놓은 플레이리스트가 많은데, 차를 타고 이동할 때면 무슨 노래가 들어 있는지도 모르는 그 플레이리스트를 연도로만 유추하여 듣고 있다.

좋아하던 노래가 나오면 즐겁고, 아는 노래가 나오면 따라 부른다. 가끔 듣기 싫은 노래가 나오기도 하는데, 운전 중이기도 하고 유튜브의 특성상 연속으로 이어지다 보니 그 노래만 건너뛸 수도 없다. 그래서 그냥 듣다 보면 또 노래가 괜찮은 것 같기도 하다. 어떨 때는 내가 왜 이 노래를 몰랐지? 하면서 들게 되는 경우도 있다. 이렇게 예전에 좋아하던 것들을 다시 듣는 중에 새로운 걸 알게 되고, 고개를 끄덕이며 리듬을 타는 시간을 즐기고 있다.

너무 행복하려고 노력하지 않아도 이런 작은 것으로 조금씩 나의 리듬을 찾을 수 있다.

이 글을 읽는 여러분들도 나처럼 이렇게 크게 노력하지 않아도 되는 일상에서, 소소한 것이라도 즐거운 취미를 찾을 수 있었으면 좋겠다. 찾지 못했다면, 내가 즐기고 있는 위의 방법도 추천해드린다.

눈치의
경험치

사람을 상대하는 직업을 오래도 했다. 아니, 사실 어떤 직업이든 사람을 상대해야 하는 것은 마찬가지다. 그런데 상대방이 고객이라면 얘기가 조금 달라진다. 우리가 평상시 생활하며 만나는 사람이라면 동등한 관계를 유지할 수 있겠지만, 고객은 조금 다르다. 물론 회사 안에서는 직급과 직책에 따라 관계가 달라질 수 있겠지만, 고객을 대하는 만큼의 차이는 아니다. 둘 다 경험해본 사람으로서 확실히 얘기할 수 있다. 아무튼, 사람을 상대하는 직업을 가진 나는, 고객과, 사람과, 회사에서는 선배나 후배나 상사도 상대한다. 즉, 나와 관계하는 주변 많은 사람의 눈치를 살피고 있다는 뜻이다.

이전 글에서도 이야기했지만, 나의 '눈치 보기'는 아주 어렸을 때부터 시작되었다. 나이 차이가 제법 나는 형과 누나 사이에서 나의 존재를 부모님께 어필하기 위해 생긴 눈치였다. 막내로서 가만히 있어도 귀여움과 사랑을 받았지만, 유독 더 사랑받기를 원했던 것 같다. 나는 어떻게 행동해야 할지 어떻게 말해야 할지 눈치를 보면서 적재적소에 맞춰 행동과 말을 했다. 그럼으로써 나의 가치를 칭찬으로 채웠다.

사실 어릴 때는 눈치를 많이 봤지만, 잘 봤다고 말할 수 있을지는 잘 모르겠다. 이 글을 쓰면서도 고민했다. 과연, 내가 눈치가 빨랐던가? 눈치를 보는 만큼 행동과 말을 제대로 하지는 못했던 것 같다. 그러다 성인이 되고 입대를 하고 나서부터 눈치코치가 진가를 발휘하기 시작했다. 내가 어디서 어떤 말과 행동을 해야 선임들이 나를 좋아하는지 알게 됐고, 알게 된 후로는 실천했다. 물론 그것이 모두에게 통한 것은 아니었는데, 신기하게도 직급이 높으면 높을수록 잘 통했다. 그런데 눈치보기의 안 좋은 점은 한 명에게만 적용할 수 없다는 것. 이 사람의 눈치를 살폈으면 저 사람의 눈치도 살피게 된다. 오롯이 한 명에게 집중할 수 없으며, 그렇다고 만인에게 동등하게 통하지도 않는다. 아무튼 눈치도 경험치를 쌓아서 경력으로 만들 수 있다는 걸 나는 군대에서 알게 됐다.

군대에서 쌓인 눈치의 경험치가 사회로 나와 직업을 가짐으로써 빛을 발할 줄 알았는데, 오산이었다. 눈치란 녀석이 본질적으로 뫼비우스의 띠처럼 무한 루프였던 것. 눈치는 눈치를 부르고, 그 눈치가 또 다른 눈치를 부르고. 이번만 보자 했던 눈치를 다음에도 보게 되고. 끝이 없었다. 그러다 결국에는, 자연스럽게 고객의 눈치를 보는 것을 최우선으로 여기게 되었는데, 그건 눈치의 경험치가 아닌 사회 경험치가 오른 것이었다. 좋은 현상인지 아닌지는 모르겠지만, 상대적으로 동료를 상대할 때의 눈치가 줄게 되었다.

그래도 눈치로 쌓인 경험치가 있기에, 직장을 옮길 때마다 아주 매끄럽진 않아도 새로운 곳에서도 그럭저럭 잘 지낼 수 있었다. 그런데 눈치의 경험치는 나의 삶을 아름답고 편하게 만들어주는 데 도움이 되기는커녕 생각이 많아지게 했다. 그리고 그 생각은 더 많은 눈치를 보게 만들었다.

나만 그런 건지는 잘 모르겠지만, 나는 그렇다. 나를 좋아하는 사람들이 훨씬 많음에도, 나를 좋아하지 않는 사람에게 더 잘하는 편이다. 참 신기하다. 그 사람이 나와 가까워지고 싶은지 혹은 멀어지고 싶은지 계속 신경 쓴다. 관계에서의 눈치. 이것이 자꾸 나를 괴롭거나 힘들게 한다.

나에게 잘해주는 사람에게만 잘하기도 힘든 세상인데 왜 나는 나와 가까워지고 싶어 하지 않는 자들에게 더 잘하려고 할까. 그건 나를 좋아하는 사람들은 내가 어떻게 해도 잘해줄 걸 알기 때문이다. 그리고 인간의 본성이라고 해야 할지 내 본성이라고 해야 할지 모르겠지만, 나는 나를 좋아하지 않는 사람이 나를 좋아하게 만드는 것에 쾌감을 느낀다. 그 쾌감을 얻기 위해 겪는 고통은 이루 말할 수 없음에도.

눈치란 것에 대해 생각한다. 과연 있는 게 좋을까? 없는 게 낫나? 이 질문에 대한 답은 늘 바뀐다. 좋은 날은 당연히 그 눈치 덕분에 내가 조금 더 나아진 날이고, 싫은 날은 그 눈치 때문에 내 마음이 쪼그라든 날이다.

뭐가 답일까. 지금 이 글을 읽는 여러분의 기분이 어떨지 눈치를 살피고 있는 나는, 그 답을 아마도 평생 알 수 없을 것이다.

마음이
다치는
순간

최근, 사소하지만 마음이 다치는 순간이 있었다.

1. 아파트 엘리베이터를 탔다. 문이 닫히는데 뛰어오는 발소리가 들려 열림 버튼을 누르고 기다려주었다. 나는 3층, 그는 8층. 엘리베이터가 3층에 도착하여 스르륵 문이 열리고, 내리면서 '좋은 일 했다' 생각하는 순간, 보았다. 내가 내리기도 전에 닫힘 버튼을 열심히 누르고 있는 그 사람을. 나쁘다, 정말. 마음이 상했다. 아, 그러고 보니 기다려주었을 때 고맙다는 말은 들었던가?

2. 아파트 지하주차장은 넓다. 많은 차가 있고, 많은 사람이 다닌다. 특히 부쩍 추워지고 눈이 내리는 날씨라 더 그렇다. 그

런 지하주차장에서 매일 마스크도 쓰지 않은 채 콧노래를 부르며 담배를 태우는 아저씨가 있다. 출입구가 넓고 주차장도 넓어 냄새는 없어지겠지만, 코로나 시국에 그 모습을 보고 있자니 분노가 차오른다. 차에서 내려 뭐라고 할까 생각도 해봤지만, 괜한 말썽을 일으키기는 싫어(?) 참기로 했다. 세상은 흉흉하고, 조심해서 나쁠 건 없으니까.

3. 간혹 대화 중에 이런 말을 듣는다. "아, 초딩님, 인스타그램에서 봤어요." 근데 그들이 '좋아요'를 눌렀던가? 못 봤던 것 같은데, 하고 생각한다. 사실 그러고 넘어가야 하는데, 옹졸한 나는 그 게시글을 찾아 아까 얘기한 사람이 그 게시글에 '좋아요'를 눌렀는지 확인한다. 없다. 그래. 그 사람은 게시글만 본 후 그냥 지나친 것이다. 그러면 나는 고민에 빠진다. 내 글이 별로였던 건가. 뭐가 마음에 들지 않았던 건가. 사실 누군가가 내 게시글을 봤다고 '좋아요'를 눌러야 할 의무도, 이유도 없다. 그렇기에 나는 서운해할 필요도 없다. 근데 사실 서운하다. 모르는 많은 이들에게 '좋아요'와 댓글을 받지만, 아는 이가 눌러주거나 남겨주는 것만큼 힘이 되진 않는다. 힘이 되는 만큼, 받지 못한 서운함은 더 큰 법이다. 난 아직도 생각한다. 그거 누르는 것이 그렇게 어려울까. 내가 팔로워가 많다고 모를 거라 생각하는 사람도 있을 거다. 하지만 나는 내가 아는 사람의

아이디는 대부분 외우고 있다. 어렸을 적에도 남들은 핸드폰 주소록으로 번호를 찾았지만, 대부분의 번호를 외워서 다니던 나였다. 지금도 친한 친구들의 번호는 다 외우고 있다. 기억력이 이상한 곳에서 좋다. 아이디만 알면 검색이 가능하니 검색해본다. 그리고 상처받는다. 왜. 나는 대체 왜?

4. 마음이 다치더라도, 닫히진 않았으면 좋겠다. 나부터 타인을 좀 더 이해하고, 우리 모두가 서로를 배려했으면 좋겠다.

같이
울 수
있다면

운전할 때 추월차선이라고 부르는 일차선 주행을 좋아
한다. 도로에서 운전한다는 건 어디에서 해도 다 비슷하지만,
내가 일차선 주행을 좋아하는 이유는 일차선은 반대쪽에서 주
행해오는 차선과 제일 가까이서 스치듯 마주하며 인사하는 기
분이 들어서다. 오늘도 출근하면서 일차선으로 주행을 했다.
그러다가 왼쪽에 그어진 선 너머로 묵직해 보이는 검은 봉투
같은 것을 보았다. 어떤 양심도 없는 사람이 쓰레기를 버렸냐
며 욕을 하던 찰나 검은 봉투로 보인 것이 비둘기였다는 걸 알
게 됐다.

차들이 쌩쌩 달리고 있는데, 날아갈 기력이 다한 듯 차에서
조금이라도 떨어져 걸어보려고 노력하는 모습이었다. 이미 나

는 속도를 내며 달리고 있었고 뒤따라오는 차량도 있어서 어쩔 수 없이 지나쳤지만, 그렇지 않더라도 내가 해줄 수 있는 건 어미가 와서 도와주기를 바라는 마음뿐이었다.

출근해서 앉아 있는데 아까의 검은 비둘기가 떠올랐다. 자그마한, 기력이 없어 보이던 그 비둘기. 어미가 있었다면 그 비둘기는 혼자 그렇게 도로 위에 있지 않았겠지 생각한 순간 박준 시인의 "우리는 모두 고아가 되고 있거나 이미 고아입니다. 운다고 달라지는 일은 아무것도 없겠지만 그래도 같이 울면 덜 창피하고 조금 힘도 되고 그러겠습니다."라는 문장이 떠올랐고 괜스레 눈물이 날 것 같았다. 나도 언젠가는 혼자가 되기 때문일 거다.

언제부터 비둘기는 사람들에게 혐오를 불러일으키는 새가 됐을까. 한때는 평화의 상징이기도 했는데. 나는 그 비둘기를 위해 울어주진 못했다. 회사였으니까. 그래도 언젠가는 그 비둘기를 떠올리며 차 안에서 크게 울어주려고 한다. 그 비둘기의 생사는 알 수 없지만, 세상에 어느 한 사람이 잠시 동안 너를 위하는 마음이었다는 걸 알아주었으면 좋겠다. 작고 연약한 마음이지만 전달되었으면 좋겠다.

어머니,
아버지,
그리고 나

1. 어머니 이야기

아침, 비몽사몽 중에 일어났다. 씻고 어머니가 차려주신 밥을 먹으러 나왔는데, 인덕션에서 양념갈비가 구워지고 있었다. 출근을 위해 내가 집을 나서는 시간은 대략 7시 30분. 오늘 씻고 나와서 준비를 하던 시각이 7시 정도인데, 그 이른 시간에 고기가 구워지고 있었다. 어머니는 고기를 구울 때 아주 약한 불에 오래 굽는다. 특히나 양념이 된 고기는 더더욱 타지 않게 세심히 살핀다. 탄 음식이 몸에 좋지 않기도 하고, 약불에 오래 구워야 속까지 안전하게 익기 때문이다. 그 시간에 이미 상에 올릴 준비가 된 양념갈비는 도대체 언제부터 구워지기 시작했던 것일까. 몇 시에 일어나셨을까. 엄마라는 호칭이 자식에게 이렇게까지 잘해줄 수 있도록 만드는 것일까. 소중한 마음, 소중한 시간들. 늘 잘해야겠다고 생각하면서도, 가끔 욱하는 성질 때문에 상처를 드리고 만다. 그래도 아들로 인해 또 하루를 웃었다는 어머니께, 잘해야겠다고 오늘도 다짐해본다.

2. 아버지 이야기

보통 모든 집이 그러겠지만, 씻을 때 따듯한 물이 나오려면 보일러의 온수 버튼을 눌러야 한다. 우리 집은 항상 온수 버튼을 켜놓지는 않고 샤워를 할 때만 눌러 사용을 한다. 나는 항상 아침에 잠이 덜 깬 채로 화장실에 들어가는데, 뒤늦게 온수 버튼을 누르지 않은 것이 생각나 화장실에서 나오면 아버지께선 "눌러놨다."라고 말씀하신다. 그러면 나는 다시 화장실로 들어가 따뜻한 물로 샤워를 하고 출근 준비를 할 수 있다. 그런데요 며칠 화장실에 들어가 씻기 위해 발가벗었다가 맨몸으로 화장실에서 나오는 일이 잦아졌다. 온수가 나오지 않아서다. 보일러의 온수 버튼을 누르러 화장실 문 바깥까지 나오게 되었다. 늘 들리던 아버지의 목소리가 들리지 않기 시작했기 때문에. 언제부터인지 모르게. 어느새 그것이 익숙해져버렸다는 것도 모르게.

3. 최초딩 이야기

늘 당연하다고 생각했다. 내가 무언가를 하기 전에 이미 준비되어 있는 것이, 받는 것이, 보는 것이. 근데 점점 나이가 들면서, 그 당연한 것들이 당연하지 않게 되는 순간들이 찾아온다. 당연하다고 생각하기 전까지 부모님께서 얼마나 많은 사랑으로 '그 당연한 일'들을 해주셨는지 헤아려본다. 인생에 당연한 것은 없다. 당연한 것을 위해 누군가는 늘 희생하고 있다. 오늘 이 글로 여러분도 한 번 더 헤아려보는 시간이기를.

책의
위로

집 안이든 차든 회사든 손만 뻗으면 바로 책이 닿을 수 있게 책을 준비해놓는다. 특히나 머리맡에는 읽는 책과 읽을 책이 두루두루 쌓여 있다. 보통은 한 권을 다 읽고 나서 다음 책을 읽는 편이지만, 마케터로서 내가 담당하는 책이 많을 때는 이 책을 읽다가 저 책을 읽다가 한다. 그래서 집중해서 책을 읽고 다음 책으로 부지런히 넘어가지 않으면 머리맡에는 쓰러질 정도로 책이 쌓인다. 어느 정도 책이 쌓이면 잠든 내 얼굴로 책이 쓰러지게 되어 있다. 얼굴로 쓰러질 것을 어떻게 아느냐고? 나도 알고 싶지 않았지.

요즘, 다시 책이 쌓이고 있다. 이제는 쓰러지면 얼굴뿐만 아니라 배와 허벅지에까지 떨어질 정도로 책이 쌓였다. 장르도 다양하다. 소설, 시, 에세이, 인문, 역사 등. 예전 같았으면 어떻게든 전투력을 끌어올려 후다닥 읽으려고 노력했을 텐데, 요즘은 노력할수록 책이 쌓인다. 노력하는데 왜 책이 계속 쌓이냐고? 이것 역시 알고 싶지 않았지.

내게 책은 즐거움이기도 하지만, 힘들 때 도망치는 도피처이기도 하다. 즐거울 땐 뭘 읽어도 즐겁다. 인간은 즐거운 것을 좋아하기에 즐거우면 더 집중하게 된다. 한편, 힘들 때도 책으로 도망친다. 현실이 너무 가혹할 땐 주로 소설을 읽는다. 현실에 없을 것 같은 등장인물들이 등장하고, 그 인물과 작가가 쓰는 이야기의 세계를 읽다 보면 조금은 위로가 되는 것 같다. 세상에 없는 이야기니까.

이번에도 힘든 일이 있어 책으로 도망치기 위해 분주히 소설을 찾았다. 몇 페이지를 읽고 나서 도저히 페이지를 넘길 수 없었다. 그렇게 한 권이 쌓였다. 시를 읽어야겠다고 생각했다. 시인이 쓴 언어의 세계가 너무 버거웠다. 마찬가지로 몇 페이지 읽지 못한 채 또 한 권의 책이 쌓였다. 그래, 이번엔 산문을 읽어야겠다고 생각했다. 작가가 자신의 이야기를 쓴, 실제로 존재하는 이야기가 나를 구원해줄 거로 생각했다. 몇 페이지 읽었는데 자꾸 헛구역질이 나왔다. 다른 이의 삶을 내 생각을 통해 마음으로 소화시키려 했는데, 도저히 삼킬 수가 없었다. 그렇게 또 한 권의 책이 쌓였다.

실패하면서도 계속 도전했다. 도전할수록 책은 쌓여만 갔다. 사실은 책의 내용이 문제가 아니었다. 내 힘든 일상이 너무 거지 같아서 어딜 가도 따라왔다. 도망칠 곳이 없었다.

그럼에도 읽는 행위를 포기하지 않았다. 이번에는 내 책이 되어줄 원고를 꾸역꾸역 읽었다. 그런데 오히려 책보다 읽기가 더 힘들었다. 내가 지나온 시간을 돌이켜 읽는 것이 고역이었고, 내가 쓴 글이 이렇게 형편없음을 알아가는 게 고역이었다. 하지만 한 글자를 고치고, 한 문장을 고치고, 어떤 문장은 삭제하다 보니 내가 지나온 과거를, 부족하고 실수했던 날들을 고치는 것 같았다. 그 고치는 행위가 내게 큰 위안을 줬다. 실질적으로 고쳐진 건 글뿐일지라도.

어떻게든 읽고 고치면서 받은 위로가 쌓였고, 원고를 마무리한 순간 다시 책을 읽고 싶어졌다. 오늘은 어떤 책이든 잡고 가능한 한 끝까지 다른 이의 세계를 내 안에 소화시키기 위해 노력해야겠다. 할 수 있을 것이고, 해낼 것이다.

칭찬은
관심의
표현

칭찬이란 대단한 것이다. 오죽하면 칭찬은 고래를 춤추게 한다는 말도 있을까. 웃는 얼굴에 침 못 뱉는다고, 혹시나 상대방에게 칭찬했는데 내게 뭐라 한다면 그 사람과는 다신 보지 않아도 좋다. 물론, 내가 한 그 칭찬이 진심이라는 전제하에다.

최근에 내가 춤췄던, 그러니까 칭찬을 받았던 일을 떠올려 본다. 먼저 부모님과 여자친구에게 받은 칭찬이다. 고슴도치도 자기 새끼는 예쁘다지만, 부모님은 내게 늘 "막내아들 안 낳았으면 어쩔 뻔했어?"라는 말을 해주신다. 그것이 진심이고 나에게 최고의 칭찬이라는 것은 변함없다. 여자친구는 내게 "보고싶다."고 말해준다. 연인끼리 보고 싶다는 말이 왜 칭찬일까 생각할 수 있겠지만, 우리가 어느덧 만난 지 1,682일이 됐는데 이 기간 동안 여자친구가 한결같이 내게 보고 싶다고 해주는 것은, 내가 그만큼 잘하고 있다는 칭찬이 아니겠나 생각한다. (그리고 나도 여자친구가 늘 보고 싶다.)

또 무슨 칭찬을 들었을까. 아, 내가 좋아하는 S과장님과 우연히 회사 1층에서 만나 햄버거를 사러 나가기로 했다. S과장님이 운전하는 차에 올라타 이런저런 얘기를 나누다가 과장님의 칭찬을 들었다. 평소에도 워낙 칭찬을 잘해주는 분이지만, 그렇다고 없는 말을 지어내어 하는 사람은 아니다. 과장님은 내 글이 예전보다 더 좋아진 것 같다고 말해줬다. 사실 나는 S과장님의 글을 굉장히 좋아한다. 좋아하는 글을 쓰는 사람에게 글에 대한 칭찬을 받는 건 참으로 기쁜 일이라는 걸 깨닫는다. 또 뭐가 있을까. 아, 어머니는 옷가게를 하시는데, 퇴근하고 시간이 맞으면 늘 어머니 가게로 가서 어머니를 태워 집으로 간다. 동네에 있는 작은 옷가게이다 보니 동네 아주머니들이 늘 앉아서 어머니와 얘기를 나누는데, 내가 등장하면 효자 아들이라고 늘 칭찬해주신다. 내가 효자일까? 잠시 고민해보지만, 어른들이 말하는 건 맞다고 받아들이는 것이 옳다고 생각한다.

그럼 반대로 나는 다른 이에게 칭찬을 해줬을까? 생각해본다. 나는 다른 이를 춤추게 했는가. 나는 표현을 잘하는 편이 아니다. 누군가에 대해 얘기하는 걸 극도로 쑥스러워한다. 익숙하지 못한 칭찬으로 내 진심과 다르게 느낄 수도 있다는 생각에 칭찬(표현)을 되도록 자중하는 편이다. 괜한 걱정이지 않냐고 물으신다면… 나도 차라리 몰랐으면 싶었지만, 내 의도와는 반대로 받아들인 상대방이 직접 나에게 말해주었던 경험이 있다.

그럼에도 잘하려고 노력해본다. 사실 칭찬 그 자체는 별거 아니라고 생각한다. 상대방이 잘하면 잘한다고 얘기해주는 것도 중요하지만, 사실 그것보다 중요한 건 내가 당신에게 관심을 가지고 있다는 표현이다. 칭찬이 어려우면, 사소한 것부터 하나씩 해보면 된다. 밥은 먹었는지, 커피는 마셨는지, 건강은 잘 챙기고 있는지, 오늘 비가 온다는 소식을 들었는데 우산은 챙겼는지 등. 사실 이런 사소한 관심이 칭찬보다 더 좋을 때가 있다.

그래서 이 글을 읽어주고 계신 여러분은 주말 잘 보내셨는지? 오늘 날씨가 좋았는데 사진으로 잘 찍어 기록해두셨는지, 내일 출근을 하기 위해 오늘도 깊은 잠을 청하시라고, 얘기하고 싶다.

칭찬과 관심에 대해 쓴 가장 큰 이유가 있다. 나는 나 자신에게 얼마나 관심을 가지고 말을 걸어주었는지, 매번 수고한 나 자신에게 잘했다고 칭찬 한 번 해주었는지 생각해보자. 사실, 나는 잘 못 한다. 남들이 내게 잘하고 있다고 얘기할 때도, 나는 내가 늘 못한다고 생각해 채찍질하기 바쁘다. 성격상 앞으로도 계속 그럴 것이다. 하지만, 적어도 이 글을 쓰는 동안은 내게 열심히 했다고, 잘해왔다고 말해주며 춤을 출 것이다. 그러니까 이 글을 읽는 여러분도 오늘 하루만큼은 거울을 보고 자신의 얼굴을 마주하여 잘했다고 말해주기를. 그렇다면 나는 이 글을 쓴 큰 보람을 느낄 것이고, 나에게 잘했다고 말해줄 거리가 한 가지 더 생기는 것이다.

어른이라는
슬픈
말

어른이라는 것은 무엇일까. 어른이 되기 전 어린이는 또 무엇일까. 어른과 어린이를 어떻게 구분 지어 얘기할 수 있을까. 나라마다 다르지만, 내가 사는 이 대한민국은 태어나고 열여덟 해를 살아내면 자신의 고유번호인 주민등록번호와 사진 그리고 주소까지 적힌 주민등록증이라는 걸 준다. 주민등록증이 생기기 이전에는 학생이라면 학생증을 보임으로써 자신을 증명할 수 있다. 그런데 주민등록증이 생긴다고 어른이라고 말할 수 있을까? 이것이 없다고 어른이 아니라고 말할 수 있을까?

어른이라고 말할 수 있는 조건이 궁금하다. 어른이 아닌 사람은 하지 못하게 법으로 규제해놓은 것을 주민등록증을 보여주면 할 수 있으니, 어쩌면 주민등록증이 표면적으론 어른의 기준이 될 수 있을지도 모른다. 하지만, 일찍이 철이 들어서 주민등록증이 없어도 어른처럼 느껴지는 아이들은 또 어떻게 설명해야 할까. 어른이라는 기준이 너무 어렵다.

그럼, 나라는 사람은 어른일까? 올해로 서른여섯 살이니 적지 않은 나이다. 흔히 어린 친구들에게 '이마에 피도 안 마른 녀석들'이라고 말하는데, 나는 적어도 이마에 피는 말랐을 것이다. 하지만 부모님에게 나는 여전히 어린 자식일 뿐이다. 그래도 나는 사회적으로 어른이라 인정받고 있는데, 그렇다면 정말 어른이 맞나?

철없이 살고 싶어 최초딩이란 닉네임을 가지고 살았다. 지금의 나는 여전히 모르는 것이 많지만, 초등학생 시절보다는 많은 것을 안다. 아는 것이 힘이지만, 모르는 것이 힘일 때도 있다. 모르던 것이 많았던 그 시절의 순수함. 그 순수함을 지니고 살고 싶다는 마음으로 만든 닉네임이었다.

닉네임이 초딩이다 보니 정말 초딩처럼 굴고 싶어질 때가 있다. 가끔 부모님이 자는 곳으로 들어가 사이에 껴서 잔다든가, 삼시세끼 어머니가 차려주는 밥을 먹으며 뒹굴뒹굴하며 설

거지하는 어머니를 바라본다든가. 부모님 지갑에서 나오는 돈을 용돈처럼 받아 생활한다든가. 꿈만 같은 일이다. 아니, 꿈처럼 지나온 일이다.

사실 어른이 되고 싶진 않다. 어른이 되면 책임져야 할 것이 많기 때문이다. 일단 어른은 자기 자신부터 책임져야 하는데, 나는 나를 책임질 자신이 없다. 하지만 결국엔, 자의가 아닌 타의에 의해 어른이 되는 경우가 생긴다. 그것이 지금의 나고, 지금 나의 상황이다.

어렸을 적 가족을 증명하는 서류를 떼거나 작성할 때 늘 나의 이름 앞에는 부모님 이름이 있었다. 지금도 여전히 부모님 이름은 내 위에 있지만, 이제 보호자라고 칭하는 곳에 내 이름이 있다. 내가 이제 부모님의 보호자가 된 것이다. 시간이 흘러, 아픈 부모의 보호자가 된 나. 나는 그렇게 누군가를 지켜야 하고 보호해야 하며 무언가 결정해야 할 일이 생겼을 때 스스로 결정까지 해야 한다. 어른이 된 셈이다.

어른이 된 나는 무엇을 해야 할까. 무엇을 할 수 있을까 생각해본다. 부모님이 아프면서 나는 갑작스레 어른이 됐다. 아무런 준비도 하지 못한 채. 세상을 천천히 알아가면서 어른이 되기에는 부모님과 시간과 아픔은 기다려주지 않는다. 천천히, 하지만 멈추지 않고 흐르던 시간이 빠르게, 여전히 멈추지 않고 흐르고 있다. 어른으로서 살아갈 앞으로의 나의 인생이 어떻게 달라질까 두려울 뿐이다.

우리는 누구나 다 어른이 된다. 자의로든, 타의로든.

함께의
온도

나사가 빠진 듯한 날들을 보내고 있습니다. 내가 무엇을 했는지, 무엇을 하고 있는지 제대로 인지하지 못하고 시간만 흘려보내는 것 같다는 생각이 듭니다. 바쁠수록 잠시 쉴 줄도 알고 여유도 부릴 줄 알아야 되는데, 아직 배움이 모자라서인지 그러질 못하고 하나라도 더 하고 싶은 마음에 전전긍긍하다 보니 마음의 빈틈만 점점 넓어져갑니다.

퇴근 후 집에 돌아와 방 안의 서큘레이터를 켰습니다. 조금 비싼 것으로 구입했더니 LCD 화면에 온도도 표시해줍니다. 막 들어왔을 때 26도였는데, 잠시 누워 있으니 온도가 30도로 올라가더군요. 나라는 사람이 이 방에 들어왔더니 4도가 높아졌네, 나 제법 따뜻한 사람이구나, 혼자 생각했습니다. 고작 4도인데.

이 글을 읽고 계신 분들 주위에도 저처럼 힘들어하는 사람이 있거나, 있었을지 모릅니다. 아마 그럴 때 무슨 말을 건네야 할지 몰라서 마음이 아팠던 기억도 있으시겠죠. 그럴 때 잠시 아무 말 없이 한 공간에 같이 있어주시는 건 어떨지 생각해봅니다.

사람의 온도는 다 다르겠지만 함께한다면, 분명히 지치고 힘들어서 차갑게 내려갔던 그분 마음의 온도가 조금은 올라갈 수 있지 않을까요. 저 역시 그런 분들에게 조금의 온도라도 나눠 줄 수 있는 사람이 되고 싶습니다.

오늘 하루도 고생 많으셨습니다.

3장 »»»

사람과
사람 사이
연결의 힘을
믿으면서

잊히는 것에 대하여

시작이 있으면 끝도 있는 법. 며칠 전 회사를 그만두면서 3년이 조금 넘는 시간 동안 머물렀던 자리를 정리했다. 평소에도 물건을 잘 버리지 못하는 성격이기에 어느 정도 각오를 다진 후 시작했음에도 사흘이나 걸렸다. 책과 개인용품, 내가 만들었던 굿즈를 기념으로 하나씩 넣었는데, 라면 상자 크기로 열댓 개가 나왔다. 사실 내 집도 아니고 회사에서 주어진 자리에서 근무했을 뿐인데 이 정도의 책과 물건을 이고 지고 살았다고 생각하니 약간 현기증이 났다. 어쨌든 이렇게 사흘간의 정리를 마치고 나니 내가 처음 회사에 입사했을 때 모습만이 남았다. 떠난다는 것이 이런 거였구나. 원래 있던 모습으로 만드는 것이구나. 3년 동안 쌓았던 나의 흔적이 지워진다고 생각하니 약간 울컥했다.

그동안 나에게 다른 커다란 변화도 있었다. 세 식구가 살던 집은 아버지가 떠남으로써 두 식구가 남아 살게 됐다. 세 식구가 살기에 넓지 않은, 아니 오히려 좁다고 말할 수 있었던 공간이었는데, 아버지의 부재로써 어머니와 둘만 남게 되니, 왜인지 아버지의 빈자리가 너무 크게만 느껴졌다.

사십구재를 마치고 그 전부터 하고 있던 아버지의 유품 정리를 조금 더 본격적으로 하기 시작했다. 예전에는 전부 태웠다고 하는데, 지금은 또 그렇지 않다고 얘기해주신 스님 덕분에 내심 버리거나 태우기 아까웠던 아버지의 신발, 티셔츠 등을 보관할 수 있었다. 아버지는 1939년생으로 여든 해를 넘게 이승에 머무르셨는데, 생각보다 아버지의 짐이 많지 않았다. 아버지가 평소에 얼마나 꼼꼼히 정리하고 살았는지를 알게 됐다.

아버지의 물건을 정리하면서 몰랐던 많은 사실도 알게 됐는데, 아버지의 일기장을 통해서였다. 그곳에는 내가 모르던 아버지가 있었다. 공원을 산책하면서 느끼셨던 일과 지방에 살기에 가끔 오는 누나가 다시 집으로 돌아갔을 때의 슬픔, 그 외에도 많은 아버지의 일상과 감정들이 있었다. 같이 있고 같이 살았던 아버지의 모습뿐 아니라 혼자 있을 때의 아버지를 알게 되니 애틋한 마음이 들었다. 진작 아버지를 더 깊게 이해할 수 있었는데도 왜 살아 계실 때 이 마음을 챙기지 못했을까. 왜 더 함께 보내지 못했을까. 죄책감이 밀려왔다. 기쁨과 슬픔이 공존했다.

✕

아버지의 물건을 정리한 방에 내 물건을 넣기로 했는데, 모두 넣을 수는 없어서 내 물건도 정리를 해야 했다. 미루고 미루었던 것 먼저. 내 방에 있던 무수히 많은 편지를 읽고, 정리했다. 이제는 연락이 끊긴 많은 이들의 편지가 있었다. 아마 이번이 아니었으면 평생 다시 펼쳐보지 않았을 것 같았다. 아버지의 편지와 친구들의 편지를 읽으며 그땐 우리가 이랬구나 하는 마음들을 되새겼다. 다시 한번 체감했다. 이제 아버지는 계시지 않는구나. 친구들은 여전히 내 곁에 있는데.

또 다른 물건을 버리면서 이때는 내가 이런 것을 샀었지, 하며 추억을 떠올렸다. 개중에는 도대체 내가 왜 이런 것을 샀지? 하는 물건들도 있었다. 내가 어떤 마음이었는지 도무지 떠오르지 않는 것들도 있었다. 그런 물건에겐 미안했다. 나에게 버려져 있었다는 생각이 들어서.

앞으로도 한동안은 물건을 버리지 못한 채 끌어안고 살아갈 것 같다. 여자친구가 이직할 때 사준 가방의 태그와 여자친구가 선물해준 티셔츠의 태그까지 버리지 못하고 간직하는 사람인지라. (최근에 여자친구에게 얘기한 후에야 미안한 마음으로 버릴 수 있었다.) 하지만, 그것도 크게 나쁠 것 같진 않다. 덕분에 돌아볼 추억이 있었다. 그리고 그것이 오늘 나에게, 조금은 나아갈 힘을 주었다.

시간이 흐르고, 잊히는 것에 대하여 생각해본다. 잠시 잊고 지내는 것도 꼭 나쁜 것만은 아닐 것이다. 언젠가 다시 떠올릴 수 있으니까. 때때로 좋은 추억으로 다시 길어올릴 수 있으니까.

시간

주어진 시간에 자신이 해야 할 일을 제대로 하지 않을 때 우리는 흔히 시간을 낭비한다거나 버리고 있다고 표현한다. 시간은 돈처럼 일로써 얻는 결과물이 아니다. 특별한 노동을 하지 않고도 얻을 수 있다. 또한 누구에게나 공평하게 주어진다. 그래서 사람들이 시간을 쉽게 여기고, 흘려버리는 건 아닌지 모르겠다. 그런데 시간과 돈의 또 다른 점이 있다. 돈은 쓰면 새로이 채울 수 있지만 시간은 한번 지나가면 되돌릴 수 없다.

또한 시간이 흐르면, 우리는 나이 들며 약해진다. 그러니 아무리 모두에게 시간이 공평하게 주어진다 해도, 아마도 젊었을 때와 나이 들었을 때, 그 시간에만 할 수 있는 일이 분명히 있을 것이다. 그렇다면 나는, 나에게 주어진 시간에 해야 하는 일을 제대로 했을까?

불과 몇 년 전까지만 해도 나는 내가 지나온 시간이 너무나 보잘것없다고 느꼈다. 왜 학창 시절에만 할 수 있는 공부를 그 때 제대로 하지 않았으며, 조금 더 일찍 사회생활을 시작했음에도 돈을 모으지 않고 펑펑 썼을까. 이것 외에도 해야 할 후회는 차고 넘치지만, 여기까지만 하자. 말했듯, 이미 지나간 시간은 되돌릴 수 없으니까.

시간에 대해 더욱 깊이 생각한 건, 최근의 일이다. 아버지가 아프시고 난 뒤, 시간이 흐르는 것을 멈추고 싶었다. 멈추고 싶은데 계속해서 흐르는 시간이 잔인하게만 느껴졌다.

※

아버지의 시간은 멈췄지만, 나의 시간은 멈추지 않고 흐른다. 이제 남겨진 나는 앞으로의 내 시간을 어떻게 써야 할지에 대해 생각하곤 한다. 돈으로 살 수 없는 이 귀한 시간을 힘들고 귀찮다는 핑계로 예전처럼 흘러가는 대로 떠나보내고 싶지 않다. 많은 것을 쌓아나가고 싶다. 지나가는 이 시간을 흐릿해지지 않을 기억으로 채우고 싶다.

아버지를 보낸 뒤, 여행이라고 부를 수는 없지만 잠시 서울을 떠나 바다를 보고 왔다. 어머니가 제일 하고 싶다고 하신 일이다. 형과 누나 그리고 매형과 조카들까지 함께 가서 다들 저마다의 아버지를 가슴에 묻고, 어머니와 좋은 시간을 보냈다. 어머니 얼굴에는 미소가 어렸다.

앞으로도 시간은 무참히 흘러갈 것이다. 그러다 보면 어느새 소중한 이를 또 떠나보낼 날이 올 것이다. 그럴 때 이 시간이, 우리가 함께 보낸 이 시간이, 허투루 쓰이지 않았던 이 시간이, 힘든 나날의 귀한 추억이 되어줄 것이라 믿는다.

감정
연습

나는 내가 감정에 치우치지 않는 사람이라고, 감성과는 거리가 먼 사람이라고 늘 선 긋고 살았다. 고객에게 서비스를 제공해야 하는 직장을 다니다 보니 자연스레 몸에 밴 친절은 있었지만, 딱 그 정도였다. 흔히 말하는 속 빈 강정과도 같았다.

서점에서 일할 때는 특히 심해서, 딱 평소 내가 말하는 목소리 톤보다 조금 더 높은 톤으로 고객에게 말하면서도 속으로는 아무런 생각이 없었다. 그러니까, 목소리에만 감정이 실려 있었다. 물건을 골라 계산하러 온 고객에게도 마찬가지였다. 그런 나를 보며 동료들은 알파고라고 부르기도 했다. 계산하는 기계를 보는 것 같다고. 주위에서 그러니 나는 내가 그런 줄 알

왔다. 사실, 고백하자면 그때 나는 내가 인격장애가 있는 줄 알았다. 기쁜 일이 있으면 기뻐해야 하는데 그렇지 않았다. 슬퍼해야 할 일이 있어도 슬프지 않았다. 내게 모욕적인 말을 내뱉던 고객에게 죄송하다고 말하면서도 속으로 욕을 하던 내 모습이 너무 모순처럼 느껴졌다. 사람이 앞과 뒤가 다르면 안 된다고 하던데. 웃는 것이 어려워 거울을 보고 웃는 연습을 매일 했다. 그러다 보니 슬퍼도 웃음이 났다. 눈은 웃는데 속으로는 눈물이 흐를 때도 있었다.

사람이 점점 이상해졌다. 감정이라는 것이 제 기능을 하지 않았다. 그런 상황에 놓인 나 자신을 안타까워할 수도 있었는데, 지나친 연습 덕분인지 아무렇지도 않았다. 이제 와서 생각해보면, 그렇게 되기 위해 마음을 얼마나 죽였을까. 얼마나 힘들었을까.

이렇게 고백해놓고 금세 말을 바꾸는 것 같지만, 사실 어렸을 때를 떠올리면 눈물이 극히 적었던 건 맞지만, 눈물이 아예 없었던 건 아니었다. 귀여니 소설을 보고 이불 속에 들어가 엉엉 울었던 적도 있었으니까. 그러고 보니 부모님과 함께 슬픈 영화를 보러 가서 옆자리에 앉은 어머니의 손을 잡고 끅끅 소리 내어 울었던 적도 있다.

아무튼, 감정을 없애는 연습도 요즘의 나에게는 무용지물이다. 툭하면 눈물이 난다. 무심코 들리는 노래의 가사에, 무심코 읽는 책에 나오는 문장에 아버지가 떠올라 자꾸 눈물이 난다. 정말 아버지와 전혀 상관이 없는 가사와 문장인데도 말이다. 어떻게든 참아보려고 해도 더 바보 같은 표정으로 눈물만 흐를 뿐이다. 오늘은 〈그런가 봐요〉라는 노래 중에 '그대는 떠났죠 이렇게 미련 속에 날 남겨두고 미안한 일이 너무 많아서 그저 후회뿐인 나를 두고'라는 가사를 듣고 아버지가 생각나 울어버렸다.

너무나도 어렵다. 소중한 이를 떠나보내는 일은. 앞으로도 나는 노래를 들을 것이고 책을 읽을 것이다. 얼마나 많은 가사와 문장에 아버지가 있을까. 그때마다 나는 눈물을 참을 수 있을까. 눈물을 참는 연습을 다시 시작해야 하는 걸까.

내 SNS에 남긴 글에 모르는 이가 댓글로 자신의 친구를 태그했다. 그리고 그 태그 옆에는 어른 남자를 나타내는 이모티콘이 있었다. 내가 남긴 글에 왜 친구를 태그했을까? 어떤 사연이 있는지 짐작하면서도 눌렀다. 그리고 터지는 눈물을 막을 수 없었다.

인간은 반복 연습으로 많은 것을 이뤄낼 수 있다고 하는데, 과연 이런 마음의 그리움도 단련할 수 있을까. 노래를 안 듣고, 문장을 안 읽을 수는 없는데, 반복하면 점점 단단해질까? 못할 것 같다. 소중한 이를 잃고 나서야 알 수 있었다. 나도 감정이 있는 사람이었다는 걸. 세상엔 아무리 억눌러도 쏟아져 나오는 것도 있다는 걸.

소중한
공간

좋아하는 공간이 주는 의미에 대해 생각해봅니다. 사실 공간은 어디에나 있는데, 좋아하는 공간이라고 의미를 부여하게 되는 것은 왜일까요.

저는 평소에 말이 없는 편입니다. 리액션도 부족하고요. 그런 제가 좋아하는 공간에 가면 말이 많아집니다. 평소엔 누군가에게 불만을 표하는 말을 조심스러워하면서, 좋아하는 곳에서는 저의 불만들을 쏟아내곤 합니다.

제가 글을 쓰는 이곳도 그런 공간입니다.
내가 나일 수 있는 공간. 나를 꾸며내지 않아도 되는 공간.

누군가가 저의 글을 기다려주고 있다는 사실은 저를 조금 더 쓰는 사람으로 만들어줍니다. 읽어주시는 여러분이 계시기 때문에 저는 좀 더 저다워집니다.

여러분에게도 그런 공간이 있지 않으신가요? 여러분을 있는 그대로 내보여도 괜찮은 공간. 혹시 없다면, 제가 그런 공간이 되고 싶습니다. 비가 와서 보이지 않는 보름달에 빌어봅니다.

착각하면
좀
어때

유난히 생각이 많은 나는 태어나서부터 지금까지 가장 많이 한 것이 착각이 아닐까 싶다. 무슨 착각을 했을까. 지난날을 되돌아보자.

유년 시절에 나는 내가 태권도 선수가 될 줄 알았다. 다니던 도장에서도 실력이 월등했다. 나보다 나이가 많은 형들하고 대련해도 밀리지 않았다. 아니, 오히려 압도했다. 그렇게 자신감이 하늘 위로 솟아올라 오존층 어딘가에 닿을 때쯤에 그것이 오만이고 착각이었음을 깨닫는 사건이 생겼다. 바로 ○○구에서 주최를 한 겨루기 대회에 나가게 된 것이다. 어렵지 않게 결승전까지 진출한 나는 당연히 금메달을 목에 걸겠다는 생각만 했다. 심판의 휘슬이 울리자 먹잇감을 향해 뛰어드는 맹수처럼 돌진했다. 그런데 잠시 후, 세상이 검게 변하고 별이 번쩍였다. 그렇다. 뛰어나가자마자 반격을 당해 머리를 맞았다. 그때까지만 해도 상대방이 운이 좋은 거라고 생각했지만, 그 이후 머리를 세 대나 더 맞았다. 내가 당연히 우승할 거라는 착각이 깨지는 순간이었다. 그나마 자존심을 지킨 것이라면, 머리를 네 대나 맞고도 쓰러지지 않고 판정패를 당한 것이다. 착각은 해도 자존심은 지킬 줄 알았던 나였다.

학창 시절에는 대충 공부해도 성적이 잘 나오겠지 생각했다. 뭐, 이후는 글로 옮겨 쓰지 않아도 나를 잘 알고 있는 분이라면 눈치 채셨을 것이다. 착각도 그런 착각이 없었다. 이때도 자존심을 지켰다면(?) 지킨 것은, 원 없이 놀아봤다. 공부하면서 노는 것이 아니라 그냥 열심히 놀았다. 어중간하지 않게. 아주, 확실히.

그래도 어찌 대학은 갔다. 대학만 가면 미팅도 하고 여자친구도 바로 생길 줄 알았다. 흐음… 쏟아지는 과제를 피해 도망치듯 군대에 갔다. 대학을 가면 새로운 인생이 시작될 줄 알았는데, 그것 역시 나의 착각이었다.

전역 후 아르바이트를 시작했다. 월급을 받으면 하고 싶은 것 다 해야지 했는데… 더 말하지 않겠다. 그때 내 시급은 2,500원이었다.

어려서부터 게임을 잘했다. 태권도 선수라는 원대한 꿈을 접고 나서 실의에 빠져 게임에 집중했다. 남들보다 적은 시간을 투자했음에도 월등히 잘했다. 게임에 소질이 있다고 생각했다. 그래서 태권도 선수에서 프로게이머로 꿈을 바꿨다. 승승장구했다. 아마추어 전국대회에 나가서, 우승은 못 했지만 꽤 높은 곳까지 올라갔다. 유명한 길드에서 잘한다는 사람들과 대결해도 승률이 비슷했다. 심지어 사설 서버에서 A+ 등급을 찍으면 프로게이머급으로 실력을 인정받는데, A+를 찍었다. 하지만, 역시나 딱 거기까지였다. 실력만 좋아서는 안 된다는 것을, 대회에 나갈수록 점점 깨닫게 되었다. 나는 내가 굉장히 대범하고 주위 시선은 신경도 안 쓰는 사람인 줄 알았는데, 대회장에 가득한 사람들을 보며 긴장한 나머지 내가 우세하던 경기에서조차 역전패를 당했다. 처음엔 내가 자만한 것이라고 생각했지만, 그것조차 착각이었다. 결국 프로게이머의 꿈도 포기했다.

✕

책을 쓰면 잘 팔릴 거로 생각했다. SNS 팔로워가 18,000명이 조금 넘는데, 1%만 사주셔도 1,800부는 팔리겠다고 생각했다. 그래. 이건 착각이 아니었다. (감사합니다!) 그래서 조금 더 크게 생각을 해봤다. 2%로 끌어올려볼까? 3,600부! 그래. 역시나 착각이었다. 뭐, 그래도 비슷한 성적을 내고 있다. 그런데, 내가 생각한 진짜 착각은 이것이 아니었다.

SNS를 운영하며 순전히 개인적인 마음을 담아 응원했던 작가들이 있다. 작가의 신간이 나오면 사비로 몇 권씩 사서 주위에 선물하거나 이벤트를 하기도 했다. 리뷰도 올리고 열심히 홍보도 했다. 마치 내 책이 나온 것처럼. 그때는 내가 책을 쓸 거라 생각하지 않았기에 상상도 안 했지만, 내 책이 나올 시기가 되자 조심스레 상상해봤다. 내 책이 나오면 작가님들이 읽어봐주시겠지? 조금씩은 도와주시겠지? 사실 내가 원해서 이벤트도 하고 리뷰도 올린 것이니까, 대가를 바라면 안 되는 것이었다. 하면 안 되는 아주 큰 착각이었다. 알고 있지만 그래도, 사람이기에 당연히 할 수 있는 착각이었다.

착각이란 것은 참으로 어렵다. 사람의 마음을 뒤흔들어놓는다. 잘되면 착각이 아닌데 잘되지 않으면 결국 착각으로 끝난다. 실패는 성공의 어머니라고 하는데, 내 착각은 언제쯤 어머니가 될 수 있을까. 과연 내 착각은 어디에서 시작된 것이고 어디에서 끝날 것인가. 근데, 실은 내가 품었던 서운함마저도 착각이 아닐까 싶다. 착각만 하는 바보.

　아, 착각했던 경험을 이렇게 늘어놓으니 씁쓸하다. 지나간 착각과 지금 하는 착각이 자꾸 부딪힌다. 그래도 착각하면서 사는 것도 그렇게 나쁘지는 않은 것 같다. 착각이 현실이 되면 몇 배로 기쁨이 오기 때문이다. 어차피 소심한 사람이라, 착각도 크게는 못 한다. 남한테 피해 주지 않는 선에서는, 뭐 어때, 오늘도 나는 착각에 젖어 자야겠다.

진상의
잔상들

진상이란 단어는 참 좋지 않은 단어다. 입으로 읊조려도 별로고 글로 써봐도 별로다. 특별히 어떤 상황을 붙이지 않아도 진상이란 단어가 글에 보이면 불편하다. 옛날엔 "아이고, 이 화상아."라고 말했던 것 같은데, 이제는 그런 경우 '진상'이라고 말한다. 비슷한 느낌인 것 같긴 한데, 왠지 '화상'보다 '진상'이 훨씬 안 좋게 느껴진다.

사람들에게 책을 파는 서점과 음료를 파는 카페에서 일했다. 무언가를 파는 건 회사의 이익을 위해 고객을 상대해야 한다는 말이다. 그리고 고객을 대할 때는 서비스 정신이 필수다. 이 말은 즉 내가 '을'이 될 수밖에 없다는 것이다. 물론 '갑'은 손님이다. 근데 너무 불공평한 거 아닌가. 나도 옷을 벗고 퇴근하면 똑같은데. 애초에 왜 사람들은 무언가를 판매하는 곳에서 일하는 사람에게는 그렇게 함부로 대할 수 있는 용기가 샘솟는 것일까.

책과 음료를 파는 매장에서 도합 10년을 넘게 일했으니 생각보다 꽤 오래 일했다. 10년은 강산만 바꾸는 것이 아니라, 없던 정신도 생기게 한다. 군대에서 갓 휴가를 나온 이등병이 지나가다 어깨라도 부딪히면 관등성명을 대는 것처럼, 당시에는 나도 길거리에서 누군가 내 몸을 건들면 "네, 고객님." 소리가 나왔다. 얼마나 많이 외쳤으면 습관처럼 되었을까. 먹고산다는 것이 이렇게나 어려운 일이다. 내 몸에 새겨진 '서비스 정신'에 소름이 돋을 지경이었다.

그 오랜 기간 동안 좋은 손님도 많이 만났지만, 그만큼 다양한 진상도 만났다. 그중 몇 가지 진상의 유형을 얘기해보려고 한다.

서양은 팁 문화가 발달되어 있다고 한다. (가본 적이 없기에 주위에서 듣기만 했다.) 간혹 외국 영화를 보면 두 손가락 사이에 지폐를 끼워 팁을 주는 장면이 나오는데, 나는 그 모습이 좋게 보이진 않았다. 좀 공손하게 주면 안 되나? 꼭 두 손가락에 지폐를 끼워 자신이 손님이란 위치에서 직원에게 하사하듯이 줘야 하나? (물론 팁을 줄 때 공손히 주는 분들도 많을 것이다.) 나도 계산을 위해 카운터에 있을 때 참 많은 손님에게 두 손가락 사이에 끼운 카드 또는 지폐를 받았다. 직원으로서 그러면 안 되지만, 기분이 나빠 나도 똑같이 손가락에 카드를 끼워 돌려준 적이 있다. 근데 왜 그들은 내게 그렇게 카드를 건넸으면서 똑같이 돌려받았을 땐 어이없는 표정을 지었을까. 남에게 받았을 때 기분이 나쁘다면 자신도 그렇게 하면 안 되지 않나?

서점마다 다를 수도 있는데, 내가 근무했던 서점은 일반서적과 전문서적으로 분야가 나뉘었다. 인문, 경제, 자연과학 등을 전문서적으로 분류했고 문학, 어린이, 만화 등을 일반서적으로 분류했다. 전문서적 중에서도 주로 인문 분야에서 주로 일어나는 일인데, 왜인지 모르겠지만 계산하지 않은 책에 침을 묻혀가며 읽는 사람들이 그렇게 많았다. 종이를 쉽게 넘기기 위해 하는 행동이라는 건 말하지 않아도 알 것이다. 문제는 그렇게 침을 묻혀 읽은 책은 시간이 지나면서 침이 마르며 부풀어 오른다. 결국 책은 상품 가치가 훼손되어 반품되고, 다시 살릴 수도 없다. 성별과 연령대를 특정할 수도 있지만, 그렇게까지 하진 않겠다. 정말이지 생각보다 그런 사람들이 많다. 제발 그러지 말자.

두 번 정도 겪은 것이 전부이지만 10년을 넘게 일하면서 임팩트가 꽤 큰 사건이 있었다. 서점 직원은 아침에 출근하면 매장 내 청소를 한다. 청소하는데 책이 꽂힌 책장 사이에 검은 봉지가 보였다. 그 근처에 가니 유난히 냄새가 났다. 혹시나 하는 마음에 다가가 보니 기저귀를 갈고 그곳에 놔두고 간 것이었다. 화장실이 근처에 있었는데 굳이 왜 서점에, 그것도 책장에 버리고 갔을까? 그 사람의 생각을 유추해보려 했지만 내가 그 사람이 아니고, 나는 그럴 수도 없는 사람이기에 상상할 수조차 없었다.

몇 가지 더 있지만 적고 싶지 않아졌다. 돌이켜 생각하는 것만으로도 기분이 나빠졌다. 진상은 그렇다. 기분을 상하게 만든다. 좋은 사람이 아니기에 그렇다. 세상은 넓고 사람은 다양하다. 근데 돌이켜보면 이것이 과연 진상들만의 문제일까? 전반적으로 진상들은 목소리가 크고 뻔뻔하다. 그들은 주위에서 누가 보건 말건 아랑곳 않고 소리를 지르고 시선을 집중시키고 자신이 원하는 걸 얻어간다. 그런 진상에게 따끔한 말 한마디 할 수 없는 것이 우리네 현실이다. 비단 서비스직만 겪는 문제일까 싶기도 하다.

진상은 여기에도 있고 저기에도 있다. 세계 어디에나 있을 것이다. 진상 없는 나라에서 살고 싶지만 쉽지 않은 일이다. 그렇다면 일단 나부터 진상이 되지 말아야겠다. 그러다 보면 누군가는 또 이런 마음을 먹게 될 것이고, 그렇게 하나둘씩 바뀌어 진상이 모조리 사라지는 그날이 오겠지. 희망사항인가?

아무튼, 일단 나부터 잘해야지.

서점에서
하지 말아야 할
것들

책은 우리에게 즐거움도 주지만, 일단 그 책이 모인 서점이라고 했을 때 떠오르는 것은 지식의 집합소라는 느낌이다. "영화 보러 갑니다." "PC방에 갑니다."보다는 "서점에 갑니다." 라고 말하면 왠지는 모르겠지만 지적이고, '있어' 보인다는 느낌을 받는다. 어렸을 때 어머니께 "서점에 다녀오겠습니다."라고 말하면 안심하셨던 것이 떠오른다. 물론, 그렇게 말하고 서점에 가지 않았다.

그렇기에 서점에는 기본적으로 지식인들이 모인다고 생각하는 인식이 많은 것 같다. 점잖은 사람들, 매너를 갖춘 사람들이 서점을 방문한다고 생각하는 것이다. 하지만 꿈과 현실은 늘 다르다. 서점에 입사하고 나서 그 전에 내가 가지고 있던 서점에 대한 이미지는 와장창 깨졌다. 예전에 "우리 땅, 어디까지 가봤니?"라는 유행어가 있었던 것 같은데, 나는 "진상 손님 어디까지 겪어봤니?"를 외치고 싶다. 앞서 진상에 대한 이야기를 쓰면서 기분이 나빠져 더 이상 쓰지 않으려 했는데, 생각을 바꿨다. 이 자리를 빌려 진상들의 실체를 고발(?)해보겠다.

첫 번째로, 직원에게 반말하며 함부로 대하는 손님들이 생각보다 많다. 내가 서점에서 일하지 않았다면 평생 존재하는지도 몰랐을, 일면식도 없던 사람들이 내가 유니폼을 입고 일하는 직원이라는 이유 하나만으로 갑질을 하는 것이다. 너무 열이 받아 유니폼을 벗어 던지며 '나 지금부터 여기 직원 아니야. 어쩔래? 해볼래?'라는 생각을 했던 적이 한두 번이 아니다. 사실 유니폼만 벗으면 고객 대 직원(이라고 쓰고 갑과 을이라 부른다)이 아니라 사람 대 사람이다. 같은 사람끼리 왜 서로를 존중하지 못하는가. 큰소리를 치며 자신이 손님이라는 이점을 사용하는 사람은 손님이라 부르고 싶지도 않다. 손님이 왕이라는 말은 도대체 누가 만든 걸까? 이 말 그대로 스스로 왕이 되려고 하는 사람들이 너무나 많다. 그런 사람들은 대부분 책도 사지 않는다. 자신이 받은 스트레스를 서점에 풀러 오는 게 아닐까 하는 생각마저 든다. 그러지 말자. 너도 나도 회사에서 월급 받아 한 달 한 달 살아가는 사람이니까.

두 번째로, 책 사진을 찍는 사람들이 있다. 책 사진을 찍는 것이 뭐가 문제냐며 서점 직원에게 되레 따지는 손님도 있다. 서점에 와서 마음에 드는 책을 발견하여 다음에 사려고 책의 겉표지 사진을 찍는 정도는 괜찮다. 그런 경우는 서점 직원도 거의 제지하지 않는다. 하지만 책을 펼쳐 본문의 내용을 한 장 한 장 찍는 것은 다른 일이다. 그것은 명백히 저작권법을 위반하는 행위다. 이것을 모르는 사람들이 생각보다 많다. 모르기에 일말의 죄의식도 없다. 오히려 찍지 말라는 서점 직원에게 당신이 뭔데 그러냐고 따진다. 그리고 당연하게도(?) 대부분 그런 사람은 그 책을 사 가지 않는다. 필요한 부분만 사진으로 찍고 갈 뿐. 부끄러운 줄 알아야 한다. 다시 말하지만, 서점 내 진열된 책의 본문을 찍는 것은 엄연히 불법이다.

세 번째로, 앞에서도 말했지만 손가락에 침을 묻혀 종이를 넘기는 사람들이 있다. 책 페이지가 잘 안 넘어가니 옛날에 할아버지가 손자에게 용돈 줄 때 '퉤' 하고 손가락에 침을 묻혀 지폐를 세었듯이, 종이를 넘길 때 그렇게 한다. 으, 상상만 해도 싫다. 침이 묻은 책은 시간이 흘러 침이 마르면 점점 부풀어 오른다. 종이도 변색이 된다. 결국 그 책은 아무도 사 가지 않고, 반품할 수밖에 없다. 집에서 본인의 책에 그렇게 하는 것까지 말릴 수는 없다. 하지만 서점에서 상품으로 판매해야 하는 책은, 상품의 가치가 훼손된다. 누군가에게 읽히기 위해 만들어진 소중한 책이 판매되지 못하고 파쇄가 되는 것이다.

네 번째로, 자신이 마시던 음료를 책 위에 올려둔 채 읽다가 그 음료를 쏟는 사람들이 있다. 여기서 크게 두 부류로 갈리는데, 하나는 직원에게 솔직히 말한 후 변상하는 사람이다. 다음으로는 놀라서 그냥 도망치는 사람이다. 양심적인 사람이 많길 바라지만, 사실 후자가 더 많다. 서점은 원래 취식이 안 되는 공간이다. 하지만 편의를 위해 서점 안에 카페가 있는 경우도 많고, 음료를 들고 오시는 분들을 일일이 막지도 못한다. 혹시 음료를 엎질렀다면 직원에게 솔직히 말해줬으면 좋겠다. 젖은 책을 그냥 두면 다른 책에도 피해를 준다.

다섯 번째로는 정말 없을 것 같지만, 계산하지 않고 책을 들고 나가는 손님이다. 생각보다 꽤 많다. 여기서 '꽤'라는 단어를 붙인 것이 민망하다. 내가 일했을 때는 없었지만, 지금은 서점 입구에 도난 방지 기계가 설치되어 있고, 책에는 도난 방지 스티커가 붙는다. 얼마나 훔치는 손님이 많으면 그랬을까. 소중한 책에 스티커가 붙는 것도 싫고, 일일이 책을 펼쳐 스티커를 붙여야 하는 서점 직원들도 안쓰럽다. 그렇게라도 책을 지켜야 하는 이 상황이 가장 안타깝다. 아, 여담이지만 나는 책을 훔쳐 서점을 나가는 사람을 직접 잡아 경찰에 신고한 적이 몇 번 있다. 덕분에 경찰서에도 따라 가서, 다시는 훔치지 않겠다는 각서를 쓰게 하고 훔친 책값을 받고 보냈다. 책을 훔치다 잡히자 울면서 사정을 봐달라던 사람들의 목소리가 아직도 생생하다. 커피 석 잔 값을 아끼려다 창피당하지 말자.

여섯 번째로, 읽은 책을 제자리에 두지 않는 사람이 정말 많다. 읽은 책은 제발 제자리에 뒀으면 좋겠다. 집어 든 위치가 생각나지 않을 때는 직원에게 반납해도 좋다. 영업시간을 마친 후 직원들이 서점을 돌며 제자리에 놓여 있지 않은 책을 수거해서 분류한 후 각 팀에 가져다주는데, 정말 몇 수레씩 나온다. 심지어 일하는 시간 중간에도 확인 후 담당 직원에게 가져다준다. 그나마 책이 놓인 평대에 올려놓고 가면 손쉽게 찾을 수 있다. 티가 나니까. 하지만 서가 아무 곳에 대충 꽂아두고 가면 찾을 수가 없다. 손님이 검색 용지를 건네며 "이 책 좀 찾아주세요."라고 부탁할 때가 있다. 재고에는 1이라는 숫자가 분명히 떠 있다. 하지만, 없다. 온 서가를 헤집고 다녀도 못 찾는다. 손님에게 죄송하다고 말한다. 그런 책이 다른 분야 서가에서 나올 때가 종종 있다. 읽고 나서 무심코 아무 곳에나 둔 탓에 그 책이 꼭 필요한 사람은 그 책을 사지 못한다. 손님 입장에서도, 서점 입장에서도 큰 손해다. 그러니 읽고 제자리에 두자.

이 글을 읽고 '진짜 저런 사람이 있다고?' 생각하는 분도 계실 것이다. 그런데, 정말 많다. 마음먹고 쓰자면 100가지도 쓸 수 있을 것 같다. 하지만 이쯤에서 멈추겠다. 마지막으로 덧붙이자면, 서점 직원도 같은 사람이다. 공부를 남들보다 덜하거나 못해서 서점에서 일하는 것이 아니다. 책을 좋아해서 서점에서 일하는 것이다. 영화 〈킹스맨〉을 보면 '매너가 사람을 만든다'라는 대사가 나온다. 책이 좋아서 서점에 오는 분들이라면, 사회생활을 하며 기본적으로 지켜야 할 매너는 꼭 지켜주셨으면 좋겠다. 나 역시 책을 좋아하는 한 사람으로서, 이것이 너무 큰 바람은 아니었으면 좋겠다.

관계의
단상

요 며칠, 누군가에게 꼭 하고 싶었던 말이 있었는데 사회적 관계로 묶여 있기에 쉽사리 전하지 못했다.

그런데, 내뱉지 못한 건 내 말이 아니라 내 감정 아니었을까.

진상의
현생들

며칠 전에 진상의 잔상들이란 글을 적고, 잔상이란 이미 나에게서 지나가버린 것들인데, 과연 지금의 나에게 진상이란 무엇이고, 누구일까 생각해봤다. 그렇다. 이번에는 현생이다.

회사를 그만뒀다. 퇴사하고 퇴직원을 적을 땐 사유를 적어야 한다. 왜 그 사유에 (나를 포함한 많은 사람들이) 꼭 일신상의 이유라고 적는 것일까를 생각해봤다. 세상에 이유 없는 일은 없다고, 생계를 유지하게 해주는 '직업'을 그만둘 때는 각자 나름대로 분명한 이유가 있을 것이다. 그리고 결심하기까지 힘들게 고민한 과정도 있을 것이다. 그 이야기를 자세히 나열하는 건 슬픈 일이니까, 그래서 일신상의 이유라는 명목으로 뭉뚱그려 적고 퇴사하는 것이 아닐까. 그 말에는 나에 관한 무엇이든 들어 있으니까.

사실, 힘들었다. 아픈 부모님을 돌보는 일도 중요하지만, 내 미래를 위해 회사를 계속 다녀야 했다. 고민 속에서 일은 줄지 않았고 부모님은 더 아파지셨다. 일은 갈수록 늘어났는데, 통장 잔액은 점점 줄어들었다. 부모님이 아플수록, 오롯이 일에 집중할 수가 없었다. 그래도 최선은 다했다.

나는 최선이라고 생각했지만 보는 사람은 그렇게 생각하지 않을 수도 있다. 그것에서 오는 크고 작은 감정의 대립이 여러 번 있었다. 지쳤다. 아버지와 어머니를 돌보며 체력적으로 힘들었는데 정신적으로도 한계가 왔다. 더 버틸 재간이 없다고 생각하여 회사에 휴직을 요청했다. 다행히 회사에서 내 사정을 고려해 바로 결재가 났다. 한 달 휴직에 들어가면서 내 몸도 좀 돌봐야지 생각했지만, 다음 날 아버지가 쓰러지며 다시 응급실로 가셨다. 휴직을 안 했으면 큰일 날 뻔했다고 생각했다.

시간이 지나면서 지켜야 할 무언가가 계속 생겼다. 간신히 붙잡고 있던 정신 줄이 무너져 내릴 것 같았다. 복직하는 날이 다가왔지만, 할 수 없을 것 같다는 생각이 들었다. 휴직 연장을 하거나 남은 연차를 소진하여 조금 더 버티고 싶었다. 그러나 그렇게 하는 건 너무 나만 생각하는 이기적인 행동 같았다. 회사는 지금까지 충분히 내 입장을 고려해줬고, 내가 확실히 결정을 내리지 못하면, 그만큼 운영에 차질이 생길 것이다. 어쩔 수 없이, 회사를 그만둬야겠다고 생각했다. 그것이 나의 소중한 이를 지키기 위해서도 회사를 위해서도 내릴 수 있는 최선의 결정이라고 생각했다. 결국, 그렇게 좋아했던 회사를 그만뒀다.

시간이 지난 지금 다시 생각해보면, 워낙 좋아했던 업무였기에 아쉽기도 하다. 아쉽다 보니 후회라는 감정도 든다. 내 선택에 내가 후회를 하는 것은 어떤 마음일까. 그것은 진상을 넘어서는 일이라고 생각한다. 자신의 선택에는 스스로 책임을 져야 한다. 후회를 한다면, 나 자신에게 진상 짓을 하는 것이다.

결국 지금의 나에게 가장 진상은 결국 나 자신이었다. 자신에게 솔직하지 못한 것. 하고 싶은 것을 할 수 없어 자신을 자꾸 상처주는 것. 앞으로 내가 진상에서 벗어나려면 어떻게 해야 할까? 고민해보지만, 흐릿하다. 아주 먼 미래에나 결론이 나올 것 같다고 생각했다.

작가와의
만남

서점과 출판사에서 일하면서 책을 쓴 작가와 그 책을 읽은 또는 읽을 독자를 연결하는 행사를 많이 진행했다. 작가와 독자의 만남은 주로 평일 늦은 시간이나 주말에 진행되기에 야근을 하거나 주말 출근을 해야 한다. 그럼에도 나는 이 행사를 좋아했는데, 서점에서 일할 땐 독자를 서점으로 이끄는 이벤트였고, 출판사에서 일할 땐 마케터로서 담당하는 책을 더 많이 알릴 수 있는 방법이었기 때문이다. 거기에 하나를 더 보태어, 사심이 있었다. 특히나 좋아하는 작가의 책을 담당하게 되면, 나는 꼭 작가와의 만남을 기획안에 써냈다. 그 책의 제1호 독자로서, 어떻게든 성사시키고 싶었다. 작가와 독자의 만남이 끝나고, 사인을 받기 위해 챙겨간 책에 마지막으로 사인을 받을 때면 피로가 싹 사라졌다. 그때야말로 일하는 즐거움을 사무치게 느꼈다.

그런 내가, 작가와의 만남을 진행했다. 그동안 해왔던 '작가와의 만남' 행사와 다른 점은, 그 작가가 바로 나였다는 거다. 마케터로서 또는 인플루언서로서 초대받아 남들 앞에 서서 이야기했던 적은 있었지만, 작가로서 초청받아 이야기한 적은 없었기에 수락하기 전에 고민이 많았다. 특히나 대상이 중학생이었다. 내 책으로 중학생 아이들에게 어떤 이야기를 해줄 수 있을지, 남들 앞에 서면 긴장해서 준비해간 말은 하나도 하지 못하고 점점 산으로 가는 느낌을 스스로 받았는데 이번에도 그러면 어떡하지 등등 여러 가지 생각이 들었다. 그럼에도 해야 한다는 결심이 섰던 건 초대해주신 선생님의 메일 때문이었다. 선생님의 메일에는 학교 소개와 함께, 나를 초대하고자 하는 진심 어린 마음과 먼 곳까지 와달라는 것에 대한 미안함이 모두 담겨 있었다.

감사했다. 작가로서 초대받았다는 기쁨은 물론, 내가 누군가에게 이런 정성 가득한 마음으로 초대를 받을 수 있는 사람이라는 것이 기뻤다. 하지만, 여전히 어려웠다. 중학생이면 나와 스무 살도 넘게 차이가 나는 친구들이었다. 무슨 얘기를 해줄수 있을까? 나는 흔히 말하는 이상적인 중학생 시절을 보내지도 않았는데. 오히려 사고뭉치라면 사고뭉치였다. 책을 썼다는 이유 하나로 그 학생들 앞에서 나라는 사람의 이야기를 할 수 있을까? 무턱대고 약속한 것이 아닐까 하는 걱정에 불안했다.

하지만, 대단한 사람이 아니라도 나만이 해줄 수 있는 이야기가 있지 않을까 생각했다. 그런 이야기를 들려주고 싶다고 생각했다. 막상 전날엔 긴장해서 제대로 잠도 못 이루었지만.

×

그러면 그렇지. 시간을 착각했다. 일찍 도착해서 근처에서 점심을 먹으려고 했던 계획이 무너졌다. 마음이 조급해서 길도 잘못 들었다. 갑자기 배도 아팠다. 거기에 긴장까지 더하니 식은땀이 났다. 도착해서 정신을 차리고 준비한 것을 되새길 틈도 없이 교탁 앞에 섰다. 내 앞에 앉아 있는 학생들을 보고 있자니 미안한 마음에 머리가 하얘졌다. 다행히 선생님께서 내가 준비해야 할 대본도 챙겨주셨고, 그 대본을 프린트까지 해놓으셨다. 편히 진행할 수 있게끔 옆에서 도와주는 학생도 있었다. 나만 잘하면 되는 일이었다. 아마 선생님께서 이렇게 꼼꼼하게 준비해주지 않으셨다면, 울었을지도 모르겠다.

정신없이 무대에 올랐기에 학생들이 준비해놓은 것을 행사가 끝나고 나서야 제대로 봤다. 내 책을 들고 환히 웃고 있는 아이들의 사진, 무대 앞뒤로 붙은 환영 플래카드와 내 머리 위에서 빛나던 조명까지. 나와의 시간이 좋았다고 말해준 학생들과 단체 사진도 찍었다. 아이들이 엽서도 써주었다. 선생님은 그 엽서를 모아 엽서북을 제작해주셨고, 행사 때 찍은 사진으로 포토북까지 만들어주셨다. 아버지께 자랑하고 싶어서 사십구재를 치르는 동안, 영정 사진 옆에 내 책과 함께 두었다.

내 책을 읽어준 독자들과 처음 대면해 눈과 눈을 마주하며 진행한 진전중학교 학생들과의 만남을, 평생 잊지 못할 것 같다. 엽서북과 포토북은 평생 간직하며 힘든 일이 있을 때마다 두고두고 들춰볼 거다. 글쓰기 잘했다는 생각이 들었다. 스스로 부족하다고 느끼는 사람이고 글에 대해서도 아직은 그렇지만, 누군가는 그런 부족한 나를 만나, 내 글을 읽고 조금은 바뀔지도 모른다. 그래서 세상이 조금은 좋은 방향으로 바뀔지도 모른다. 앞으로도 계속 글을 써야겠다고 다짐했다. 단 한 사람이라도 내 글을 읽어주는 이가 세상에 있다면 말이다.

내 인생의 책

덕업일치를 이룬 사람이다 보니 자주 받는 질문이 있다. "어떻게 하다 책을 좋아하게 되셨어요?" "언제부터 책을 좋아하셨어요?" "인생 책은 무엇인가요?" 사석에서든, 인터뷰 자리에서든 굉장히 많이 받는 질문이다. 이런 질문을 몇 번이고 받았기 때문에 답변도 늘 같다고 생각하겠지만, 질문을 받은 시기마다 매번 달라지는 대답이 있다. "인생 책은 무엇인가요?"라는 질문이다.

하루에도 수많은 책이 쏟아져 나온다. 내가 이 글을 쓰고 있는 지금도 세상에 나오기 위해 준비 중인 책들이 수십, 수백 종일 것이다. 한 권 한 권에 담긴 노력을 알기에 허투루 볼 수 없다. 꾸준히 나오는 책을 접하고, 읽으려고 노력한다.

인생 책이라는 말이 어떤 뜻을 담고 있을까. 내가 책을 좋아하게 된 계기를 만들어준 책? 아니면, 내 인생의 방향을 바꾸어준 책? 내가 마케팅을 담당해서 많이 팔린 책? 가끔은 이 질문을 하는 상대방에게 '그런데 인생 책이라는 게 정확히 어떤 의미일까요?' 되묻고 싶었던 적도 있지만, 소심한 나는 차마 한 번도 그렇게 되묻진 못했다.

가장 먼저, 내게 책이란 것에 재미를 붙이게 만든 책은 『사서함 110호의 우편물』(이도우, 시공사)이다. 사람이 정말 힘들 때 무언가 하나에 집중하기 시작하면 그 힘듦을 잊을 수 있다는 것을 이 책으로 배웠다. 정말 조금도 과장을 보태지 않고, 나는 이 책만 연달아 40번을 읽었다. 이 책에 빠져 있을 당시에는 등장인물들이 나누는 대화도 다 외울 정도였다.

그리고 두 번째로, 내게 글이란 것을 써보고 싶게 동기를 부여해준 책은 『운다고 달라지는 일은 아무것도 없겠지만』(박준, 난다)이다. 나는 늘 내가 감성적이지 못한 사람이라고, 공고와 공대를 나와 감성보다는 논리를 따진다고 생각했다. 그런데 이 책을 읽고는 너무 감동을 받아 나한테도 '감성이라는 게 있구나' 느꼈다. 그때 처음으로 나도 이런 글을 써보고 싶다고 생각했다.

작년에 아버지가 아프시고 어머니까지 같이 입원했을 때, 무너질 것 같았던 나를 붙잡고 도닥여준 책은 『다독임』(오은, 난다)이었다. 부모님이 동시에 입원하신 건 내가 태어나 처음으로 겪는 일이었다. 코로나 때문에 병원을 출입할 때는 보호자 출입증에 있는 바코드를 찍어야 문을 열 수 있었는데, 내 목에는 보호자출입증 두 개가 걸려 있었다. 그런 상황에서, 좋아하는 시인의 산문집이 곧 출간된다는 소식을 들었다. 마케터로서 미리 읽어봐야 했다. 원고를 출력해서 회사에서 병원으로 가는 동안 읽었다. 제목을 봤을 때부터 내게 필요한 글일 거라고 생각했는데, 아니나 다를까 읽는 동안 글에서 느껴지는 따스함에 힘들고 지친 마음을 위로받을 수 있었다. 온기가 스며드는 듯했다.

소중한 여자친구, 보미를 만나게 해준 책도 있다. 그 책은 『각설하고,』(김민정, 한겨레출판)이다. "책 좋아하시나 봐요?" 그 말이 우리 인연의 시작이었다. 서점에서 일할 때 신입사원(지금의 여자친구)이 입사했는데 그때 그녀가 읽고 있던 책이 김민정 시인의 산문집 『각설하고,』였다. 사실 (지금 와서 말하지만) 여자친구가 그때 어떤 책을 읽고 있었든 나는 말을 걸었을 것이다. 그렇게 따지자면, 이 책이 아닌 다른 책이 내게 특별해졌을 수도 있는 일이다. 하지만 여자친구는 때마침 『각설하고,』

를 읽고 있었고, 나는 그로부터 몇 년 뒤 김민정 시인이 대표로 있는 '난다'의 마케팅을 담당하게 된다. 단순한 우연이 아닌, 인연이라 여기고 싶다. 물론 나만 그렇게 생각할지도 모르지만. 아니, 내가 그렇게 인정한 이상 인연은 인연이다.

현재까지는 이렇게 네 권의 책이 나의 인생을 바꾸었거나, 도움이 되었다고 말할 수 있겠다. 그런데 비교적 최근에, 정말 나의 '인생 책'이라고 할 만한 책이 생겼다. 바로 내 이름을 걸고 '최원석 지음'이라고 쓰인 책이 세상에 나온 것이다. 내가 바라보고 느끼고 살아왔던 것을 꾸준히 글로 썼는데, 그것이 책으로 묶여 『잠깐 선 좀 넘겠습니다』라는 제목으로 출간됐다. 나를 초딩님이라고 부르던 사람들이 어느새 나를 작가님이라고 부르기 시작했다. 처음엔 이 호칭이 낯설고 왠지 나에게 어울리지 않는다고 생각했다. 그래서 "아, 저는 작가는 아니고, 매일 쓰는 사람입니다."라고 대답하곤 했다. 쓰는 사람이 작가가 아니면 뭐냐는 말에는 대답하지 못했지만.

나는 작가들은 대단한 사람이라고 생각한다. 내가 글을 쓰기 이전 글을 읽는 행위만 했을 때, '어떻게 이런 생각을 하는 거지? 어떻게 이런 글을 쓰는 거야?' 감탄하면서 읽었다. 그런 사람들이 작가라는 존재였다. 그 작가들이 쓴 책을 읽으며 내 인생이 조금씩 바뀌었다. 내가 그런 사람들과 같은 작가라고 불리다니, 스스로 부끄럽다고 생각했다.

×

시간이 조금씩 흐른 뒤 내가 쓴 책을 읽은 독자분들의 감상이 SNS에 올라오기 시작했다. 각 온라인 서점에 리뷰도 남겨지기 시작했다. 하나씩 읽으면서 감개무량이라는 말을 이럴 때 쓰는 걸까 생각했다. 부족한 내 글을 누군가는 이렇게까지 좋아해주는구나 싶어서 말로는 부족할 만큼 너무나 감사했다. 술술 읽힌다는 리뷰도 있었고, 울컥해서 페이지를 덮고 며칠을 아껴 읽었다는 독자도 있었다. 어떤 차이일까 생각했는데, 나보다 먼저 나와 같은 상황을 겪은 분들이 내 글을 읽을 때 많이 멈추고 울컥했던 것 같다. 비슷한 처지에 놓였을 때 그 사람을 더 깊게 이해하고 공감할 수 있으니까.

내 책을 읽어주신 분들의 리뷰를 하나도 빼놓지 않고 읽으면서, 내가 내 글을 부끄러워하는 건 내 책을 사랑해주시는 분들에 대한 예의가 아니라고 생각했다. 감사한 마음만 채워 넣기로 했다. 그러자 내 책이, 그 책을 쓴 내가 조금 더 자랑스러워졌다. 내가 쓴 책을 '나의 인생 책'이라고 자신 있게 말할 수 있을 것 같았다. 그리고 언젠가는 내가 쓴 책이, 누군가에게 인생 책이 될 수 있다면 정말 좋겠다고, 생각했다.

말의
의미

‘바쁘다’ ‘바빠서 그랬다’는 말로
‘약속’이란 단어의 의미를 낮추지 말 것.

사랑의 힘

1. 살이 너무 쪘다는 걸 알고 있었지만, 자각하지 못한 채 지냈다. 몸이 조금 무겁고 예전보다 게을러진 것을 느꼈지만, 지금이 편했다. 거울을 보면서도 몸이 좀 커지고 턱이 접히는 걸 알았지만, 괜찮다고 생각했다. 그러던 어느 날 보미를 데려다주면서 엘리베이터에 있는 거울을 통해 보미와 나를 봤다. 어, 보미가 보이질 않았다. 내 덩치에 가려진 것이었다. 충격이었다. 사실 머릿속 한편에서는 알면서도 그랬다. 평소에도 바쁘게 살았지만, 작년부터는 유독 바빴다. 그래서 지금은 좀 시간을 낭비해도 괜찮지 않을까, 좀 편해져도 괜찮지 않을까 생각했다. 그런데, 너무 편해진 것이었다. 충격을 받고 나니 거울 속 내 모습이 예전처럼 괜찮아 보이지 않았다. 운동을 시작했다. 20대 군인 시절에는 체력검정을 하면 2분에 팔굽혀펴기

를 89개도 거뜬히 했다. 그런데 지금은 10개만 해도 온몸이 아프다. 그만큼 내가 운동을 멀리하며 살았던 것이겠지. 역시 사랑은 위대하다. 보미가 내 덩치에 가려짐으로써 나는 스스로의 게으름과 나태함을 깊이 깨우쳤다. 이것이 사랑이 아니면 무엇일까. 사랑이 짱이다.

2. 팔굽혀펴기가 조금씩 늘고 있다. 이제 한 세트에 20개 정도는 금방 한다. 그런데 왜 나는 살을 빼겠다면서 집에서 팔굽혀펴기와 버피만 주구장창 하고 있을까. 그것은 내가 더위와 습기에 약하기 때문이다. 글을 쓰고 있는 요즘 같은 장마 기간에는 숨 쉬는 것도 너무 힘들다. 그렇다. 이것도 핑계일 수 있겠다. 보미를 한 번 더 데려다줘야지.

3. 약 두 달을 책과 떨어져 지냈다. 아무튼 책으로 먹고사는 사람이 책을 읽지 않는다는 건 일종의 직무유기다. 그럼에도 읽지 않았다. 읽지 않았다는 것보다 읽고 싶지 않았다는 것이 더 맞는 말이겠다. 내 삶이 너무 힘들어서 다른 사람의 이야기, 다른 사람이 만든 세계를 들여다볼 자신이 없었다. 사실 몇 번을 도전했다. 몇 번의 도전은 몇 페이지를 넘긴 채 끝났다. 한동안 잊고 지내던 책을 다시 들었다. 그동안 얼마나 읽고 싶었던 것일까. 앉은 자리에서 페이지를 계속 넘겼다. 책을 다시 읽

을 수 있다는 행복감과 함께, 이제 내가 다른 사람의 세계를 다시 받아들일 수 있을 정도로 회복했구나 생각하니 기뻤다. 보미와 오랜만에 간 카페 데이트에서였다. 역시 보미가 좋다.

    4. 지치고 힘든 순간에 늘 보미가 곁에 있었다. 나 혼자였으면 이겨내지 못했을 순간도 같이 있어서 지혜롭게 이겨낼 수 있었다. 사랑의 힘은 역시 크다.

새로운
취미

어떤 이는 새로운 옷이 나오면 그 옷을 사서 입어야 직성이 풀리고, 또 어떤 이는 새로운 신발이 나오면 사서 신어봐야 직성이 풀린다. 예는 두 가지로 들었지만, 세상에는 수많은 취미와 취향이 존재한다. 내 취미는 책 읽기라고 생각하는 분들이 있겠지만, 틀렸다. 사실 내 취미는 책을 사는 것이다. 김영하 작가가 말했던 대로 "읽을 책을 사는 게 아니라 사놓은 책 중에 한 권을 골라 읽는다." 좀 더 파고들자면, 나는 책을 사는 것에서 좀 더 나아가 초판과 한정판에 집착하는 경향이 있다. 도대체 왜 그런 것인지는 알 수 없다. 누군가의 처음, 언젠가는 구할 수 없는 것에 집착하나 보다. 그런데 이상하게도, 다른 물건에는 그러지 않고 오로지 책에 한해서만 그렇다.

이런 내가 변태처럼 느껴질 때가 있다. 이석원 작가의 『보통의 존재』가 기존 표지와 다르게 검은색 표지로 한정판 '블랙에디션'이 나왔을 때, 이미 이 책을 가지고 있고 몇 번을 읽었음에도 표지 색이 다르단 이유로 조금씩 사서 모으기 시작했다. 40여 권 정도를 샀을 때, 이제 이 책의 재고가 많이 남지 않았다는 소식을 접하고는 책장에 꽂힌 책은 생각하지 않은 채 또 조금씩 모았다. 나중에 세어보니 딱 80권이었다. 특별 에디션 판매가 완료될 때까지 기다렸다가, 시간이 흐른 뒤 지인들에게 "이 책 이제 어디에서도 구할 수 없는 책이야."라며 선물하기 시작했다. 그때의 쾌감(?)과 희열(?)을 잊을 수 없다. 구하기 힘든 것을 미리 쟁여놓고, 선물하는 기분. 그것이 내가 좋아하는 책이라서 더, 많이 기뻤다.

그런데 최근에 새로운 취미가 생겼다. 새롭다고 하지만, 모으는 것은 똑같다. 다만, 그것이 책은 아니다. 내가 새로이 모으는 것은 마음이다. 마음을 어떻게 모으냐고 묻는다면, 그건 나도 잘 모르겠다. 그저, 누군가가 내게 써주는 그 마음을 잊지 않고 알은체하며 감사함을 잊지 않는다. 감사함을 표현한다. 아마도 그것이 마음을 모으는 일이 아닐까 싶다.

마음을 모으다 보니 내 마음의 한계치를 느낄 때도 있다. 간혹 어떤 마음은 나를 지치게 하고 어떤 마음을 나를 벅차게 한다. 몇 번 겪다 보니 이제 마음을 어디까지 받으면, 또는 쓰면 힘들다는 것을 알게 됐다. 하지만 한계치를 안다고 또 그것을 컨트롤할 수 있는 것은 아니란 것도 알게 됐다. 마음이란 것을 받으면 받을수록, 쓰면 쓸수록 어렵다. 생각보다 어려운 취미다.

이 자리를 빌려 고백하자면, 최근에 너무 많은 마음을 받았다. 소중한 이의 부재를 전부 채울 수는 없었지만, 고갈되어 마르기 전에 촉촉하게 적셔주었다. 행복했다. 나의 취미 생활이 이렇게도 좋을 수도 있어서 다행이라고 생각했다. 물론, 속상했던 적도 있지만, 속상한 마음은 되도록 생각지 않기로 했다.

나는 그동안 나에게 친절한 사람보다 내가 친절하고 싶은 사람에게 집착했다. 그런데 이제는 그러지 않으리라 다짐했다. 성격상 쉽지 않겠지만, 조금씩 노력해가며 이뤄내고 있다.

필요할 때 적재적소에 연한 마음을 또는 강한 마음을 내어줄 수 있는 사람, 그런 마음을 가진 사람이 되고 싶다. 그리고 이 글을 읽는 여러분께도 그런 마음이 담뿍 담기기를 바란다.

4장 »»

시간이 흘러도
소중한 것을
잃지 않기를

떠난 후에
남겨진
것들

아침에 눈을 뜬다. 눈을 비비다 머리맡에 둔 핸드폰을 집는다. 시간을 확인한다. 시간을 보는 김에 핸드폰 잠금을 풀고 알람을 끈다. 알람을 끄는 김에 SNS를 본다. 잠이 깨는 것 같으면 머리 위로 손을 더듬거리며 안경을 찾는다. 몇 번의 더듬거림 끝에 안경을 잡는다. 쓴다. 흐릿하던 시야가 잘 보이기 시작한다. 조금 더 늦장을 부리다가 일어난다.

아버지가 돌아가시고 난 뒤 어머니와 안방에서 같이 잠들고 일어나고 있다. 아버지 발인을 마치던 날 어머니가 혼자서는 너무 힘들 것 같다고 말씀하셨고, 나는 그 말을 듣고 바로 안방으로 가서 내 이불을 펴고 어머니 방에서 자기 시작했다. 나이도 서른여섯이나 먹은 녀석이 아직도 어머니와 같이 자냐고 뭐라고 할 수 있겠지만, 나중에 후회하고 싶지 않았다. 외롭고 힘들어하시는 어머니를 혼자 두고 싶지 않았다. 내가 지키고 싶은 것을 지킬 수 있다면, 체면치레 따위 필요 없었다. 오히려 어머니와 붙어 지내면서 이야기도 많이 나누고, TV도 함께 보면서 어머니가 무엇을 좋아하는지 알게 됐다. 36년을 같이 살았는데, 모르는 것이 너무 많았다는 걸 요 몇 개월 새 깨달았다.

일어나보니 어머니는 아침 운동을 나가셨는지 자리에 없었다. 같이 나가서 걷고 싶지만, 부지런한 어머니와 게으른 아들 사이의 거리는 아직 좁힐 수 없다. 노력은 하고 있지만.

물을 마시기 위해 부엌으로 향하던 중 화장대에서 익숙한 책이 보였다. 『떠난 후에 남겨진 것들』. 언젠가 유튜브에서 알고리즘에 이끌려 영상을 봤는데 영상 속 인물의 말이 너무 와닿았고, 책을 쓰셨다는 것을 알게 되어 바로 주문하여 읽었던 책이다. 저 책이 왜 화장대에 올려져 있을까. 내가 가져다놓았던가? 잠시 생각했지만, 그런 적이 없다. 이미 꽤 오래전에 읽고 책장에 꽂아두었기 때문이다. 그럼 어머니가 내 책장에서 저 책을 발견하고 꺼냈다는 것인데, 그러기엔 제목이 너무 슬프다. 물을 마시려던 것도 잊은 채 화장대 앞에서 그 책을 만지

작거리고 있을 때 운동을 마친 어머니가 들어오셨다.

"엄마, 이 책 엄마가 읽으려고?" 대뜸 물었다. "아들 깰까 봐 아들 방에서 기도하는데 책장에서 유독 제목이 눈에 밟히더라고. 왜?" 어머니가 오히려 내게 다시 물으셨는데, 나는 어머니가 아침 운동을 가기 전에 기도까지 하신다는 것에 놀라기보다 어머니가 어떤 마음으로 저 책을 골랐을지에 더 신경이 쓰였다. 결국 할 말이 없어서 그냥 화장대에 있어서 물어봤다는 싱거운 대답을 하고 말았다.

사람이 떠난 후엔 무엇이 남을까. 재산? 명예? 떠난 이는 모를 것이다. 무엇이 남는지. 무엇을 남겼는지도. 하지만, 남은 사람은 안다. 떠난 이가 무엇을 남겼는지. 그것은 재산도, 명예도 아니고 우리가 같이 보낸 수많은 시간이다. 어머니도 아버지와 함께한 시간을 그리워하면서 이 책을 고르셨을까?

최근 서로를 너무 배려하다 보니 깊게 잠드는 시간이 부족한 것 같고, 이제 어머니도 조금 나아지신 것 같으니 각자의 방에서 다시 자는 것이 나을까 고민했었는데, 어머니의 시간은 얼마나 남았을까 떠올려보니 지금 내가 좀 더 어머니와 함께 많은 시간을 보내는 것이, 나중에 후회할 일을 줄이는 것이라고 생각해 마음을 바꿨다. 그리고 어머니를 위해, 남겨진 이를 위한 책 두 권을 더 골라 화장대 위에 살포시 올려두었다.

지나서야
아는
것

잘하고 싶은 욕심이 정신을 지배해서 앞만 보고 달리다가, 결국 체력을 다 소진하고 나서야 조금씩 쉬어가고 있다.

지나간 날은 돌아오지 않는다, 다시는.
다만, 이렇게 글을 통해 내 시간을 공유함으로써
기억으로는 남을 수 있을 것이다.

말이라면 언젠가 흐릿해지겠지만
이렇게 문장으로 남길 수 있음에 감사하다.

첫 만남과
첫 이별

지금은 아파트에 살고 있지만 어릴 적에는 자그마한 옥상이 딸린 주택에 살았다. 어느 주말, 막 낮잠에 빠지려는데 옥상에서 고양이의 울음소리가 들려왔다. 처음에는 잠깐 '울다 말겠지'라고 생각했는데, 소리가 점점 커지더니 나의 단잠을 깨우고 말았다. 다시 잠들기는 틀렸다고 생각하며 일어나 옥상 문을 열었다. 비가 내리고 있었고, 아주 작은 고양이 한 마리가 비를 맞으며 바르르 떨고 있었다. 지금은 고양이에 대한 인식이 많이 변했지만, 내가 어릴 때만 해도 길에 사는 고양이를 도둑고양이라고 부르곤 했다. 태어난 지 얼마 안 된 새끼 도둑고양이 한 마리가 어미를 찾는 듯 세차게 울부짖었다.

어미가 곧 오겠지 싶어 다시 방으로 들어갔다. 하지만 어느 정도 시간이 흘렀음에도 새끼 고양이의 울음소리는 계속됐다. 그새 더 굵어진 빗방울을 보고 있자니 내 손바닥보다 작은 크기에 힘없이 떨던 고양이의 모습이 자꾸만 떠올랐다. 하는 수 없이 다시 옥상으로 올라가서 살며시 옥상 문을 열었다. 보통의 도둑고양이는 인기척이 느껴지면 바로 도망가는데, 이 어린 고양이는 기력도 없는지 가만히 있었다. 오히려 자기를 도와달라는 듯한 눈빛이었기에 나는 고양이를 살포시 들어 따뜻한 방 안으로 옮겨주었다.

그때 고양이라는 존재를 처음 만졌고, 처음 안아봤다. 동물을 싫어하는 사람은 아니었지만, 동물 털 알레르기가 있는 아버지 때문에 키울 생각은 해본 적이 없었다. 하지만 난생처음 느껴본 고양이의 체온에서 이 아이만큼은 보살펴주고 싶다는 강한 마음이 생겼다. 그 작은 생명체를 혼자 둘 수 없었다.

새끼라서 그랬을까. 다행히 아버지는 별다른 알레르기 반응을 보이지 않으셨고, 오히려 가족 중에서 가장 좋아해주셨다. 그때만 해도 지금처럼 인터넷이 빠르지도, 반려동물에 대한 관심이 많지도 않았던 시대라 고양이를 위한 정보를 구하기가 힘들었다. 그저 '고양이에게는 우유를 주는 것이 좋다'는 민간요법의 차원에서 우유를 조금씩 내어주는 것이 최선이었다.

어린 고양이는 마치 어미가 없기 때문에 스스로 살아남아야 한다는 것을 알아챈 것 같았다. 자신에게 다정한 아버지를 가장 잘 따랐고, 다음으로는 구조해준 나를 잘 따랐다. 어느 날 갑자기 새 식구가 된 이 어린 고양이는 당시 우리 가족의 기쁨이나 다름없었다.

그러나 기쁨은 오래가지 못했다. 어느 날, 학교를 다녀왔는데 고양이가 보이질 않았다. 어머니께 고양이가 어디 있는지 물었는데, 충격적인 대답이 돌아왔다. 아침에 내 이불 밑에서 죽은 채 발견됐다고 하셨다. 그렇게 살갑고 예뻤던 고양이가 갑자기 숨을 거뒀다는 말을 듣고, 정말 크게 놀랐고 한편으로 너무 슬펐다.

나는 잠버릇이 심하다. 코를 골거나 하는 건 아니지만 아주 많이 뒤척인다. 어렸을 적 누나와 같은 방을 썼을 땐 방 끝에서 끝으로 굴러, 자는 누나 얼굴에 발을 올렸을 정도다. 그런 내 잠버릇을 알기에 고양이가 우리 집에 온 이후 내 방문을 꼭 닫은 채로 자곤 했는데, 그날 나는 새벽녘에 화장실을 갔다 오면서 방문 닫는 것을 잊었다. 그렇게 열린 문틈 사이로 나를 발견한 고양이가 방 안으로 들어왔고, 어김없이 뒤척이던 나의 몸에 눌려 숨을 쉬지 못했던 것이다.

왜 몰랐을까. 아침에라도 이불을 한번 확인해봤다면, 지각을 할까 서둘러 뛰어나갔던 그 순간에 고양이의 이름을 한 번만 불렀더라면, 결과가 바뀌지 않았을까? 나의 실수를 조금이라도 일찍 알아차릴 수 있었더라면.

아기 고양이의 이름은 '나비'였다. 짧은 시간 함께했지만, 정말 큰 기쁨을 알게 해주었다. 나비를 집 근처 산에 묻어주면서, 하염없이 울었다. 며칠 동안 나비가 내 머릿속을 떠나지 않았고, 미안하다는 말을 되뇌며 시도 때도 없이 울었다. 한동안 동물에게 다가가는 것이 겁이 났다. 나의 실수로 혹시라도 또 죽게 만들까 봐 두려웠다. 커가면서 TV에서, 일상생활에서, 동물을 볼 때마다 나비가 자꾸 떠올랐다.

그래도 지금은 많이 괜찮아졌다. 동물을 보면 예전보다 쉽게 다가가기도 하고, 만지기도 한다. 하지만 아직도 간혹 나비가 생각난다. 만남의 기쁨과 영원한 이별의 슬픔이 무엇인지, 그 단어에 걸맞은 무게감을 처음으로 느끼게 해준 작은 나비가. 나아가 어떤 슬픔은 영원히 사라지지 않는다는 것을 생애 처음으로 알려준 작고 소중한 생명체가.

나는
누구일까

회사를 그만둔 지 몇 개월이 흘렀다. 일하는 것이 세상에서 가장 재밌었던 내 몸은 이제 쉬는 것에 제법 익숙해졌다. 아니, 오히려 쉬는 것이 더 좋은 지경에 이르렀다. 하루라도 일하지 않으면 입에 가시가 돋을 것 같았던 나는 이제 어디서도 찾을 수 없게 됐다.

찾을 수 없는 건 통장의 잔액도 마찬가지였다. 몇 개월 수입이 없었지만 빠져나가는 돈은 같았다. 아니, 오히려 더 많을지도 모르겠다. 고정 지출에 더해, 회사를 가지 않으니 일하지 않는 시간에 여기저기서 쓰는 돈이 많았다. 숫자는 빠르게 줄어들었다. 이제는 다시 일을 해야 할 때라는 걸 직감했다.

취업을 향한 길은 첫 출발부터 상당히 어렵다. 자신의 인적 사항과 살아온 길과 경력 따위를 나열하는 '이력서'라는 높고 큰 관문을 넘어야 한다. 나는 지금 그 관문 앞에 섰다.

사실 이력서라는 서류 자체를 오랜만에 마주했다. 몇 번의 이직을 통해 새로운 회사에 입사했지만, 대부분 추천을 통한 입사여서 이력서보다는 면접에 초점을 맞췄었다. 하지만, 지금은 다르다. 면접을 보려면, 이력서가 먼저 통과되어야 한다. 그러기 위해서는 이력서에 힘을 줘야 했다.

힘을 준다는 건, 평소보다 좀 더 신경을 써야 한다는 의미다. 이력서의 기본사항을 일단 채워보자. 1986년 5월 8일생. 이름은 최원석. 한문으로는 '崔原碩'을 쓴다. ○○초등학교와 ○○중학교를 거쳐 ○○고등학교에 갔고 ○○대학교를 자퇴했다. 몇 개의 자격증과 운전면허증을 취득했으며, 태권도 단증을 소지하고 있다. 명백한 사실로, 내가 살면서 다닌 학교와 취득한 자격증 몇 개를 나열했다. 쓴 것을 증명하라면 재학증명서 또는 자격증 등을 내밀면 된다. 그런데 자기소개서는?

이제 자기소개서 칸을 채울 차례다. 신경 써서 노려봤다. 그러나 노려본다고 커서의 깜박임이 글자로 채워질 리 없다. 이

막막한 빈칸을 어떻게 채워야 할까. 나를 전혀 모르는 사람에게 오롯이 글로써 나라는 사람이 살아온 과정과 성격, 더 나아가 취미까지 알려야 한다. 그것도 다른 경쟁자와 차별성을 두면서 말이다. 쉽지 않은 일이다.

눈으로 주위를 살피면 설명하거나 표현할 수 있는 것이 많다. 도로에 차가 많다는 것. 날씨가 맑다거나 비가 온다거나 흐리다는 것. 우거진 숲을 보면 녹음이 짙다고, 푸르른 하늘을 보면 청명하다고도 표현할 수 있다. 근데, 왜 나는 나를 설명하는 자기소개서 앞에서 아무것도 쓰지 못한 채 망설이고 있을까. 그것은 나 자신을 들여다본 일이 꽤 오래되었기 때문일 것이다.

예전에 음료 회사에서 매장 내 아르바이트를 뽑고 교육하는 일을 했었다. 수많은 이력서를 읽으면서 느낀 점은, 다 비슷하구나였다. 사람이 태어난 날이 다르고 환경도 다른데, 왜 이력서는 이렇게 비슷한 것일까 생각했다. 나라면 이렇게 쓰지 않을 텐데. 하지만, 이력서를 적고 있는 지금 나 역시 남들과 다르지 않다는 걸 깨달았다. 몇 년도에 태어나 성격은 어떻고 취미는 무엇이며 이 회사에 지원하고 싶은 이유와 포부까지, 특별할 게 하나도 없었다. 결국 하얀색 화면에 아주 조금 채웠던 검은색 글자로 이루어진 문장들도 다 지워버렸다.

나를 표현하는 것은 얼마나 어려운 일인지. 그것은 자기 자신을 들여다보고 알아가는 일에서부터 시작될 것이다.

오늘도 한글 파일을 실행시킨다. 그리고 스스로에게 질문을 던진다. '나는 누구인가?' 아직도, 여전히, 하얀색 화면이다.

특별해서
기억나는
요리

아버지는 요리사 자격증을 소지하고 계실 정도로 요리를 즐기셨다. 주말 아침에 눈을 뜨고 내 방문을 열면, 부엌에서 아버지가 요리하고 계신 모습을 심심찮게 보았다. 그런 아버지 곁으로 다가서면, 압력밥솥에서는 쌀이 익어가는 중이었고, 냄비에서는 무엇인지 모를 국이 보글보글 끓고 있고, 전자레인지에서는 계란찜이 만들어지고 있었다.

특별한 날에는 특별한 요리 냄새가 났다. 내가 술을 잔뜩 마시고 온 날에는 북엇국이나 콩나물국이 끓고 있었다. 국그릇에 옮겨 상에 내어주실 때는 약간의 매콤함을 위해 고춧가루를 살짝 뿌려주셨고, 상 위에는 늘 후추를 뿌릴 수 있게 후추통을 꺼내두셨다.

아버지는 새우젓으로 간하는 걸 좋아하셨다. 계란찜을 떠서 밥을 쓱쓱 비비다보면 젓갈에 들어간 새우가 씹히고는 했다. 그러면 씹었을 때 나오는 찝찔한 맛과 계란찜의 달콤하고 고소한 맛이 어우러져 밥공기를 얼른 비우고 한 그릇 더 퍼오기 바빴다. 북엇국도 예외는 아니었다. 아들이 어제 과음했으니 되도록 자극 없이 끓여주신다면서, 물과 북어를 넣고 새우젓으로 살짝 간한 심심한 국그릇을 내 앞에 놓아주셨다.

아버지의 요리는 대체로 그랬다. 어려워 보이는 요리가 없었다. 내가 배고프다고 말하면 부엌으로 가서 덜그럭거리는 소리와 함께 금세 음식을 준비해주셨다. 나는 그 익숙한 패턴 속에 만들어지는 요리가 맛있었고 좋았다.

퍽퍽한 음식을 잘 못 먹는다. 먹으려면 물을 컵에 가득 따르고 들이켜야 물과 함께 음식을 넘길 수 있다. 그런 나를 아버지는 정확히 알고 계셨다. 계란찜을 해주실 때는 물을 좀 더 많이 붓고 살짝만 익히셨다. 그러면 숟가락으로 계란찜을 떴을 때 아주 부드럽게 먹을 수 있다. 혹시나 그래도 뻑뻑할까 봐, 아버지는 밥상 내 자리 위치에 늘 한 컵의 물을 떠서 내어주셨다. 가끔 아버지의 세심함이 부러웠다. 세심함은 상대방을 배려하는 마음에서 나올 수 있다는 것을 알고 있었기에.

이런 세심한 아버지는 간혹 내가 이해하기 힘든 요리를 하기도 했다. 뚝배기에 약간의 물과 참치캔의 기름을 넣고 끓이다가 새우젓으로 살짝 간을 하고 두부를 썰어 넣는다. 그리고 마지막엔 파를 넣는다. 나는 참치캔의 기름을 싫어하진 않는다. 남들은 참치캔을 살짝 따서 기름을 덜어내고 참치를 먹지만, 나는 기름을 버리는 행동을 이해하지 못한다. 그게 얼마나 짭조름하고 또 고소하고 맛있는데. 하지만 그런 나도 아버지가 끓인 참치캔 기름 국(?)만은 이해하지 못했다.

또 다른 요리도 있다. 사실 이것은 요리라고 부르긴 어렵다. 병원에서도 수술이 있고 시술이 있다면, 이 요리는 시술에 가까웠다. 작은 앞접시를 하나 준비한다. 달걀을 깨뜨린 후 흰자와 노른자를 분리하지 않고 접시에 놓는다. 노른자 주위로 참기름을 한 바퀴 두른다. 간장을 노른자 위로 몇 방울 떨어트린다. 깨소금을 살짝 뿌려준다. 그러면 완성.

한 가지 더 있다. 달걀을 흰자가 살짝 익도록 흐물거리는 느낌으로 삶는다. 여기서 포인트는 껍데기를 깔 수 있을 정도로는 삶아야 한다는 것. 그리고 준비할 것은 쇠고기다시다. 소금이 아닌 쇠고기다시다에 삶은 달걀을 찍어 먹는다. 아버지는 내가 밤늦게 글을 쓰거나 책을 읽을 때 방문을 두들긴 후 간식처럼 이 음식들을 내어주셨다.

아버지가 수많은 요리를 만들어주셨지만 기억에 남는 아버지의 특이하고 특별한 요리는 이 세 가지다. 아버지가 만들어주는 요리를 먹지 못하게 된 지금에서야 나도 요리를 시작했다. 아버지의 맛을 기억하고 떠올리며 비슷한 맛을 흉내 내어보는데, 내가 기억하는 특이하고 특별한 요리 세 가지는 아무리 따라 해도 아버지가 해주던 맛이 나지 않는다. 간단하고 별로 손이 가지 않는데도 그렇다.

이 글을 쓰는 현재 시각은 새벽 2시 8분. 아버지가 자다 깨서 화장실을 가다 내 방에서 새어 나오는 불빛을 보곤 달걀을 깨어 방문을 두들기고 내어주던 그때의 시간이다. 접시에 담긴 음식과 아버지의 마음. 비슷할 순 있어도 같을 수 없는 마음. 나는 아버지가 그리운 새벽엔 접시에 달걀을 깨뜨린다. 아버지를 추억하는 방법에는 수많은 방법이 있겠지만, 아버지의 요리로 아버지를 기억해내는 것도 그중 하나다. 내게 남겨주신 아버지의 레시피로, 소중한 이를 위해 요리를 만들어보는 것으로 그 마음을 간직하려 한다.

몰입과
몰두

하나에 몰입하여 몰두하기 시작하면 정말 미쳤다는 표현이 어울릴 정도로 그것에 푹 빠진다. 좋게 말하면 집중력이 좋고, 나쁘게 말하면 뒤를 돌아보지 않는 성격이다.

초등학생 때 온라인 게임에 푹 빠졌었다. 지금이야 인터넷 보급이 잘 되어 있어서 초고속으로 인터넷 웹서핑과 게임을 즐길 수 있지만, 내가 초등학생이던 시절에는 인터넷이 널리 보급되어 있지 않았고, 인터넷을 연결하면 삐비비빅 하는 연결음과 함께 접속이 되었다. 모뎀으로 연결하는 방식이라 속도가 엄청 느렸고, 자주 접속이 끊기고 불안정했으며, 집 전화는 통화 중 상태로 바뀌었다. 다시 말해, 인터넷을 하는 동안에는 전화를 사용할 수 없었다. 다른 것을 차치하고서 제일 큰 문제는 통신요금이었다. 정말 잠깐만 사용해도 통신요금이 너무 많이 나왔다. 그래도 게임이 하고 싶었던 나는 요금은 모르겠고 게임을 즐겼다. 어느 날, 꼬리가 너무 길어서 밟혔다. 전화요금 고지서를 받아 든 어머니가 요금이 많이 나온 이유를 전화국에 가서 따졌고, 내가 게임을 위해 인터넷에 접속한 시간 때문임이 밝혀졌기 때문이다. 등짝을 몇 대 맞았던 기억이 있다.

고등학생 때는 프로게이머가 되고 싶었다. 오랜 기간 꿈꾸며 준비했던 운동선수라는 꿈을 포기하고 삶의 의지를 무엇으로 다질까 고민하다 프로게이머가 되기로 결심했다. 게이머도 선수는 선수니까. 열심히 했다. 처음 했을 때는 당연히 실수도 잦고 지기도 많이 졌지만, 손에 익을수록 실력이 늘었다. 몇 년 동안 했던 친구들보다 실력이 좋다는 얘기도 들었다. 칭찬은 고래도 춤추게 하기에 나는 더 기쁜 마음으로 게임을 했다. 하루에 잠은 4시간씩 잤고 게임은 10시간씩 했다. 대회가 있을 때는 학교도 빠지는 열정(?)을 보였으며, 연습으로 인해 팔에 인대가 늘어난 적도 있었다. 부모님과 선생님 그리고 같이 대회를 준비하던 친구들에게는 넘어져서 그랬다고 둘러댔다. 어른들한테는 게임 때문에 그랬다고 말을 못 한 것이고, 친구들한테는 나를 라이벌로 생각해서 견제할까 봐 그렇게 둘러댄 것이었다. 게임에 관해서는 그 정도로 치밀했다. 대회에 나가서는 좋은 성적을 보이고도 결승전에 다다르면 꼭 졌는데, 대회 울렁증 때문이었다. 웹상으로 대결했을 땐 충분히 이겼던 사람들인데도 졌다. 그래서 더 열심히 했다. 그때까지 하루에 10시간을 연습했다면, 2~3시간을 추가하여 12~13시간을 연습했다. 지겨울 법도 했지만, 즐거웠다. 빠진다는 것이 이런 것이구나 생각했다. 물론, 프로게이머는 되지 못했다.

그 이후에는 한동안 무언가에 푹 빠져 지낸 적이 없었다. 아, 방황에 미쳐 있었던 것 같기도 하다. 처음 다닌 회사에서 만난 형들과 술을 마시는 것이 너무 즐거워서 매일 술을 마셨던 기억이 있다. 딱히 좋은 기억도 나쁜 기억도 아니다. 몸은 좀 힘들었지만.

그런 시기를 지나 30대가 되어갈 때쯤 책이 주는 즐거움에 빠졌다. 책은 몇 잔의 커피값과 그것을 마실 시간을 투자하면, 내가 아닌 다른 사람의 삶을 살아볼 수 있다. 돈을 주고 누군가의 삶을 살아보고 싶어도 살 수 없는데, 책은 그것을 가능케 해준다. 책의 세계 속에서 이 사람도 되고 저 사람도 되고 돈이 많아보기도 하고 가난해보기도 하는 것이 신기했다. 어휘가 부족한 내가 사용할 줄 아는 문장이 늘어가는 것도 신기하고 신비했다. 덕분에 몇 년 동안 책에 푹 빠져 지냈고, 덕분에 지금의 내가 있게 됐다.

　요즘 내가 푹 빠져 있는 건 새로 시작한 모바일 게임이다. 어렸을 때 PC방에서 즐겼던 게임이 모바일로 나왔다고 해서 추억을 벗삼아 시작했는데, 재밌었다. 요즘 게임은 버튼만 누르면 자동으로 플레이된다. 물론 중간중간 체크를 하며 세부적인 것은 만져줘야 하지만, 대부분은 자동 기능으로 게임이 돌아간다. 가끔은 아무것도 하지 않고 멍하니 바라보는데, 그래도 좋다. 이 게임에 빠진 건 과거에 재밌게 했던 기억 덕분이기도 하겠지만, 어른이 되어 새로 느낀 건 이 게임에선 누구도 죽지 않고, 죽어도 다시 살아날 수 있다는 것이다. 누군가의 핸드폰에서 자동으로 돌아가고 있을 무수히 많은 캐릭터는 죽었다가도 게임을 진행하고 있는 나의 손길 한 번이면 다시 살아난다.

　작년부터 아픈 아버지를 위해, 그리고 집안을 위해 시간을 보내느라 내 시간을 가져본 적이 크게 없었다. 출근하고 퇴근하고 아버지가 입원해 계신 병원에 갔다가 집에 와서 밥 먹고 책을 잠깐 읽고 잠드는 것이 일상이었다. 그래서일까. 다른 사람이 보기엔 아까운 시간을 버리는 것 같겠지만, 나는 내 시간을 되찾고 있는 기분이 든다. 무언가에 푹 빠진 지금 상태가 오래갈 수 있길. 점점 쓰러져가는 나 자신이, 죽어도 언제든 다

시 살아날 수 있는 이 세계에서 잠시라도 위안을 받길 바랄 뿐
이다.

유해한 말

며칠 전 추석이었다. 아파트 엘리베이터에 추석을 맞이해 근무하는 관리원님께 따뜻한 응원의 말을 적어달라는 종이와 함께 펜이 부착되어 있었다. 좋은 취지이며 참 의미 있다고 생각하면서 종이에 쓰인 글을 하나씩 읽다가 눈살이 찌푸려지는 글을 봤다. '재기해'라는 글. 하필이면 엘리베이터에 같이 탄 관리원님이 내게 물었다. '재기해'가 무슨 뜻이냐고. 나는 선뜻 대답해드리지 못한 채 잘 모르는 말이라고 얼버무리고는 엘리베이터에서 내렸다.

사실 알고 있었다. 예전에는 '재기하세요'라는 말이 무언가 자신이 가진 것을 잃어버렸더라도 그 시련을 딛고 다시 일어서라는 말인 줄 알았다. 그런데 그런 뜻이 아니라는 걸 트위터에 올라오는 몇 개의 피드를 보고 알았다. 과연 엘리베이터에 글을 쓴 사람은, 무슨 뜻인지 정확히 알고 썼을까 생각했다. 추석을 맞이해서 이웃과 관리원분들에게 응원의 한마디를 적어달라던 그 종이에 어떻게 그런 단어를 썼을까. 만약 그 말의 뜻을 몰랐다면 좋은 날 좋은 말을 써줬다고 생각했겠지만, 숨은 의도를 아는 나로서는 기분이 썩 좋지는 않았다. 관리원분과 무슨 일이 있었던 건 아닐까? 그러나 오가며 마주할 때 인사를 주고받아봤기에 그분들이 나쁜 말을 할 분이 아니라는 걸 알았다. 나도 남자지만, 특별히 남성의 편도 아니고 여성의 편도 아니다. 하지만 이런 무분별한 단어를 사용하는 것은 좋아하진 않는다. 그곳에 쓰인 '재기해'라는 단어는 내가 읽고 기분이 좋지 않았던 그 뜻으로 쓴 단어가 맞을 것이다.

살면서 아무렇지 않게 글을 쓰고 말하는 경우가 종종 있다. 특히 유행어가 그렇다. 요즘 유행어에는 재치가 있다. 너도 나도 쓰다 보면 유행어는 점점 많은 사람이 알게 되고 쓰게 된다. 하지만, 그 단어가 정말 좋은 단어일지 또는 나쁜 단어일지 신경 쓰고 상황에 맞게 가려 쓰는 사람은 생각보다 많지 않다.

나도 그랬었다. 답답한 상황에서 '암 걸려 죽을 것 같다'라는 말을 쓰거나 답답한 친구에게 '암세포 같은 새끼'라는 단어를 종종 쓰곤 했다. '확찐자'라는 단어도 그랬고, '헬창'이란 단어도 그랬다. 문제가 될 것으로 생각했던 적은 없었다. 누구나 많이 쓰니까 나도 써도 된다고 생각했다. 그것이 누군가에게 상처가 될 것이라곤 생각지도 못했다.

하지만 그렇게 쉽게 쓰는 단어가 누군가에겐 치명적인 아픔이 될 수 있다는 것을 깨달은 뒤로는 그런 말을 쓰지 않으려고 노력했다. 고치는 것이 쉽지는 않았다. 지금도 대화 중에 무의식적으로 사용할 때도 있다. '헬창'이란 단어를 싫어하면서도 대화를 나누다 자연스럽게 사용하기도 했다. 싫어하면서도 쓸 정도라면, 나는 얼마나 그 단어를 생각 없이 많이 썼던 것일까. 남이 쓰기에 나도 쓰는 게 아니라, 그 단어로 누군가 상처를 받을 수 있다는 것을 알아야 한다. 여전히 SNS에는 그런 유행어가 수많은 사람에게 의미 없이 사용되고 있다.

지금 내가 고치고 있는 단어는 '아, 죽겠다'이다. 숨을 쉬는 것처럼 자연스럽게 내뱉고 썼던 말. 아마도 내 카카오톡 예전 메시지를 뒤적여보면 그 말이 태반일 수도 있겠다. 하지만, 소중한 이의 죽음을 확인해야 했던 그 순간 이후 내게 죽겠다는 단어는 단순히 죽겠다는 단어로 끝나지 않았다. 누군가 그런 말을 쓸 때 자꾸 마음에서 화가 치밀어 올랐다.

외출을 마치고 집에 들어가기 위해 엘리베이터를 탔다. 종이에 쓰여 있던 '재기해'라는 단어가 옆에 부착되어 있던 펜으로 지워져 있었다. 누군가도 그 뜻을 알았고 또 다른 사람에게는 상처가 될 수 있다는 것을 알았기에 지웠을 것이다.

내가 무심코 쓰는 단어가 누구에겐 상처가 될 수 있다는 사실을 꼭 기억했으면 좋겠다. 기왕이면 따뜻한 말이 오가는 세상이면 좋겠다. 적어도 너무 아무렇지 않게 위험한 단어들이 마구 쓰이는 세상은 아니었으면 좋겠다.

잊히는 날과
소중한 것들

어렸을 적 이사를 자주 다녔다. 지방에서 지방으로 먼 거리를 이사했던 것은 아니고 서울에서 서울로, 그러니까 동네만 바뀌었다. 태어났지만, 기억도 안 나는 시절에 나는 성북동에 있는 주택에서 살았다고 한다. 다음으로 이사했던 동네는 청담동에 있던 빌라였다고 하고, 또 이사했던 곳은 지금 거주하고 있는 성동구이다. 성동구 내에서도 세 번을 이사했다. 처음은 사기를 당해서 두 번째 집으로 이사했고 다음으론 재건축으로 인해 세 번째 집으로 이사했다. 그 세 번째 집에서 13년째 살고 있다.

지금 사는 집에서 13년을 살고 있다고 말했는데, 이곳으로 이사할 때 나는 군인 신분이었다. 그래서 아무것도 도와드릴 수 없었다. 그때 무엇이 남고 무엇이 버려졌는지 몰랐고, 굳이 궁금하지도 않았다. 그런 채 꽤 오래 살고 있었는데, 몇 년 전 아파트에서 오래 거주한 세대의 벽지와 장판을 교체해준다고 했다. 짐을 줄이기 위해 방에 있던 것을 꺼냈다가 놀랐다. 상자 하나에 나의 어렸을 때 사진부터 상장까지, 하나도 빠짐없이 잘 보관되어 있었기 때문이다. 다만, 추억에 젖어 있을 낭만은 없었다. 정리해야 할 책이 너무 많았고, 공사를 위한 기사님들 의 방문 일정이 바로 다음 날이었다.

그렇게 한참을 잊고 살았다. 그렇게 살다 보니 아버지가 돌 아가셨다. 어머니와 아버지까지 셋이 살던 좁은 집에 이제 계 시지 않은 아버지의 물건이 아버지를 그립게 했다. 어머니와 상의한 후 아버지의 짐을 정리하기로 했다. 아버지의 옷 일부 가 내 서랍장으로 들어왔다. 차마 아버지의 냄새가 스며든 옷 전부를 버릴 수는 없었다. 마음 같아선 전부 보관하고 싶었지 만, 좁은 집이어서 그렇게 할 수 없었다. 어머니와 한바탕 정리 를 마치고 나니 비어 있는 공간이 제법 생겼다. 좁은 집의, 더 좁은 내 방에 가득 차 있던 내 물건을 아버지의 물건을 빼서 생 긴 빈 공간에 차곡차곡 넣었다.

정리를 마친 방 안에 가만히 앉아 있을 때 내 시야에 상자가 하나 보였다. 어렸을 적 내 추억을 담았던 그 상자였다. 이번엔 시간도 충분하고, 궁금하기도 해서 상자를 꺼내 열었는데, 내가 생각했던 것보다 더 많은 추억이 담겨 있었다. 놀랐던 것은 비교적 최근 기록도 담겨 있었기 때문이다. 내가 잊어가며 흘리고 있던 기억을 어머니는 차곡차곡 하나씩 주워 이 상자에 챙겨 넣어주고 계셨다. 덕분에 나는 내가 살아왔지만, 애써 기억하지 않으면 기억해내지 못할, 기억하려 애써도 희미한 그 기억을 완전히 되찾았다. 초등학교 2학년 시절 상급생 형들까지 이기며 받았던 '닭 싸움왕', 손재주가 없어 만들면서 눈물도 흘리고 화도 냈지만, 대회에서 결국 상장까지 받았던 '고무 동력기 상'이 있었고, '경필 대회' '수학 경시대회'도 있었다. 어머니가 이런 상장들을 모아주지 않으셨다면, 나는 내가 살아왔던 날들을 되돌아보기라도 했을까?

나이가 차면서 가끔 내 잘난 맛에 살았다. 돈을 벌기 시작하면서 그 돈의 일부를 부모님께 드리고 생색을 냈다. 하지만 부모님이 내게 쓰신 돈과 정성을 생각해보면 내가 해드린 건 정말 작았다.

아버지가 돌아가신 후 허전한 마음에 방 하나에서 어머니와 같이 생활하며 지낸다. 딩카를 타고 어머니와 함께 이동하면서 얘기도 많이 나눈다. 어머니는 이런저런 얘기를 해주시는데, 나는 몰랐던 어머니의 살아온 이야기들, 기억해주지 못했던, 들으려고 노력한 적도 없던 어머니의 이야기들이다. 어머니가 살아온 과거 전부를 내가 알 수는 없지만, 나와 함께하는 지금 순간과 신나서 하시는 이야기들을 이제부터라도 잘 쌓아두려 한다.

아마도 나이 든 부모님이 계신 분들은 대부분 나와 비슷하지 않을까. 그렇다면 이 자리를 빌려 말하고 싶다. 부모님의 과거와 지금 이 순간을 아껴주고 기억해주자고. 결국 우리는 소중한 사람과 함께한 그 기억으로 언제까지라도 버틸 수 있을 것이라고.

유진이네
책방

어머니의 존함을 빌려 '유진이네 책방'이라는 서점을 시작하게 됐다. 사실 언젠가 서점을 할 것이라고 막연히 생각했다. 책을 좋아하고 SNS 팔로워가 늘기 시작하면서 꿨던 꿈이었다. 잘할 자신이 있었다기보다는, 책을 좋아하는 사람으로서 서점 직원과 출판사를 거쳤으니 언젠가는 자연스럽게 서점을 하겠지, 라고 생각했다.

나름대로 구상은 하고 있었다. 40대까지는 다니는 출판사에서 열심히 일해서 자금을 충분히 모아 서점을 열고 싶었다. 그런 후 나는 출판사에 다니고, 평일에는 보미가 서점을 운영하고 주말에는 내가, 또는 함께 운영하는 것으로 계획을 짜고 있었다. 둘 다 서점에 운명을 걸기엔 미래가 불안했다. 내가 안정적으로 돈을 벌고, 보미는 우리가 함께 좋아하는 책을 알릴 수 있으면 좋겠다고 생각했다.

하지만 생각했던 40대가 오기도 전에 다니던 출판사를 그만 뒀다. 살아온 시간은 살아왔기에 어떻게 살았다고 알 수 있지만, 살아갈 시간은 아직 미래의 일이기에 어떻게 흐를지 알 수 없다. 어머니의 건강을 지키기 위해 그만뒀지만, 어머니가 건강을 되찾고 나면 금방 다시 출판사에 재취업할 수 있을 것으로 생각했다. 그런데 그것이 큰 오해였다는 걸 깨닫는 건 오래 걸리지 않았다.

점점 줄어드는 통장 잔액에 압박을 느끼고, 구인공고가 올라오는 사이트에 접속해서 둘러봤지만 마땅히 눈에 들어오는 곳이 없었다… 라고 쓰고 싶지만, 사실 회사를 그만두고도 내 시간을 온전히 가지지 못했다. 그래서 연봉이 맞지 않는다는 핑계를 대면서 재취업을 차일피일 미루고 있었다. 그런 사실을 알고 있기에, 일해야 한다는 마음과 더 쉬고 싶은 마음이 부딪히면서 몸도 마음도 점점 지쳐갔다. 그래서 무언가를 해야겠다고 생각했다.

그동안 생각은 있어도 행동에 옮기지는 못했다. 두려웠고 게

을렀기 때문이다. 하지만, 더 게을러지면 안 되는 상황이었다. 마침 어머니가 운영하시던 가게가 꽤 오래 비어 있었다. 다달이 월세만 냈다. 어차피 나가야 할 비용이라면 내가 그곳에서 서점을 해도 괜찮겠다는 생각이 들었다. 막연히 구상만 하다가, 거기까지 생각이 미치자 바로 실행에 옮기기 시작했다. 일단 보미에게 이런 상황이니 서점을 해보겠다고 의견을 구했다. 보미는 흔쾌히 내 생각을 지지해주었다. 어머니도 허락해주셨다. 여기서 더 미루면 다시 게을러질 것이 뻔했다. 그것을 누구보다 잘 아는 자신이었기에 바로 행동으로 옮겼다.

대형 서점과 동네 서점에서 일했던 경험이 있고 출판사까지 섭렵했기에 서점을 준비하는 일이 그렇게 막막하진 않았다. 출판사와 개별적으로 계약하지 않아도 여러 출판사의 책을 공급받을 수 있는 총판과 계약했고, 내가 주로 책을 공급받을 출판사와는 직거래를 시작했다. 이 둘의 차이는 공급률에 있다. 공급률이 낮을수록 내가 취할 수 있는 이득이 커지는데, 개별 출판사와 직거래를 하면 공급률은 낮출 수 있지만, 기본적으로 거래 조건이 까다롭다.

책을 먼저 받아 판매한 후 정산하는 방식을 위탁 판매라고 하는데, 이 위탁 판매를 하면 책이 팔리지 않았을 경우 반품을 할 수 있다. 그런데 동네 서점이 출판사와 직거래를 하면 위탁 판매 조건이 아주 까다롭다. 갑자기 서점에 문제가 생겼을 경우, 출판사가 공급한 책을 빨리 회수하지 못한다면 벌어지는 문제를 출판사가 다 감당해야 하기 때문이다. 그래서 대부분은 주문할 때 돈을 바로 입금하고 책을 받는 현금 매입 형식을 취한다. 현금 매입은 공급률이 낮은 대신 반품이 불가능하다.

한편 여러 출판사의 책을 취급하는 총판은 예치금을 입금하면 그 예치금 내에서 자유롭게 주문할 수 있다. 현금 매입과 무엇이 다르냐고 묻는다면, 반품이 가능하다. 도서 입고 후 판매가 부진하면, 그 도서를 반품하여 예치금으로 전환한 후 다른 책을 주문할 수 있다. 다만 현매보다는 대체로 공급률이 조금 높거나 많이 높으며, 거래하지 않는 출판사의 책은 구할 수가 없다.

이런 이유로 처음 주문할 때 고민을 많이 했다. 서점을 열겠다고 결심했지만, 언제까지 하겠다고 뚜렷하게 생각하지는 않았기 때문이다. 이 책은 독자의 손에 닿지 못한다면 내가 읽어야겠다고 생각한 책은 되도록 출판사와 직거래를 해서 조금이라도 공급률을 낮췄고, 소개해보고 싶지만 팔릴지 확신할 수는 없다고 생각한 책은 만약의 경우 반품을 할 수 있게 총판에서 주문했다. 그렇게 서점 준비가 착착 진행되어갔다.

　서점에서 일할 때도 그랬고, 출판사에서 일할 때도 그랬지만, 서점을 준비하면서 더 커진 궁금증이 있다. 도대체 돈은 누가 버는 것일까? 서점의 경우 책 한 권을 팔면 많게는 30% 정도에서 적게는 10%의 순이익이 남는다. 총판의 경우 많게는 20%에서 적게는 10% 내외일 것이다. 그렇다면 출판사가 돈을 버는 것일까? 출판사 별로 서점에 공급하는 비율은 다르지만, 대체로 50~60%의 매출을 가져가기에 출판사가 가장 돈을 많이 버는 것처럼 보인다. 하지만 출판사는 책을 제작할 때 제작비가 들고, 작가에게 인세를 지급해야 하며, 편집자와 디자이너와 마케터 그리고 관리하는 직원 모두의 급여를 주어야 한다. 그것 외에도 회사를 운영하기 위한 기본비용이 있을 것이다. 그러니까 책을 엄청나게 많이 팔아야 모두에게 이익이 남는 구조다. 서점도, 출판사도, 총판도.

　얼마 전, 자본력이 탄탄한 대형 서점이자 내가 근무했던 서점이 부도가 났다. 출판시장은 점점 어려워지고 있다. 교보는 생명, 영풍은 건설이 없었다면 진작 둘 다 망했을지 모른다는 우스갯소리도 있다.

적어도 이 글을 읽고 있는 분들은 책을 꽤 좋아하는 편일 것이다. 그래서 감히 부탁을 드리고 싶다. 주위에 책을 읽지 않는 친구가 있다면, 자신이 좋았던 책 한 권을 넌지시 건네보는 건 어떨까. 상대방을 위해 정성껏 고른 한 권의 책 선물이 책에 흥미를 붙이게 만들 수 있다. 물론, 책은 취향에 따라 호불호가 갈릴 수 있기에 선물하는 것이 부담이 될 수도 있다. 그래도 해보는 것이다. 내가 좋아하고 사랑하는 책을 지킬 수 있게. 두드리다 보면 언젠가 열린다는 말이 있듯이, 책에 흥미가 없는 사람이 책에 흥미를 가질 수 있게 말이다.

글자를 눈으로 좇아가며 읽는 것보다 눈으로 보고 귀로 듣는 것이 더 익숙해진 시대다. 하지만, 책을 좋아하는 우리는 안다. 눈으로 좇아가며 머리와 가슴으로 읽는 그 책이 우리에게 어떤 영향을 미치는지. '유진이네 책방'이 이런 내 마음이 잘 전해지는 서점이 되길 간절히 희망해본다.

어느 날의
아침

살면서 다양한 경험을 했다. 기억이 남는 순간들이 제법 있고, 그것은 대개 첫 경험이었다. '일'에 대한 나의 첫 경험은 서점이었다. 고객지원팀 소속으로 서점 안에 있는 '우편발송실'이란 곳에서 일하게 된 첫날, 출근하면서 실소를 금치 못했다. 내가 서점에서 일하게 될 줄이야. 그때는 알지 못했다. 이 첫 출근의 인연으로 내가 계속 책이라는 매개체와 엮이게 될 줄은.

서점에서 일하게 된 계기는 단순했다. 어머니의 부탁이었다. 20대 초반, 불면증에 시달렸다. 잠을 이루지 못하다 보니 주로 새벽에 하는 아르바이트를 했다. 잠을 못 자는 그 시간에 일이나 하자는 단순한 생각이었다. 내가 20대 초반이던 2000년대는 PC방은 물론 대부분 장소에서 흡연이 자연스러웠다. 나는 주로 PC방과 노래방에서 일했다. 열심히 일하고 집에 돌아오면 어머니는 옷에서 담배 냄새가 너무 많이 난다고 하셨다. 그럼에도 아르바이트를 그만두라고 하진 않으셨다. 그렇게 PC방에서 몇 달 더 아르바이트를 하다 군대에 갔다.

전역하고서도 PC방에서 일을 했다. 며칠 일하다 보니 아르바이트에서 매니저로 직급이 올랐다. 전역을 하고는 다니던 대학 근처인 용인에서 자취를 시작했는데, 몇 달 견디지 못하고 집으로 소환당했다. 다시 서울 생활이 시작됐다. 학교가 용인에 있었고, 복학생이라 적응도 힘들었다. 서울 집에서 용인까지 통학이 너무 힘들었다. 그것을 핑계로 휴학했다. 휴학하고 나니 집에 눈치가 보였다. 아르바이트를 하겠노라 선언했다. 그러자 엄마는 말했다. "이번에는 낮에, 담배 냄새가 나지 않는 그런 곳!" 나는 조금 당황했지만, 취업 사이트를 뒤졌다.

당시에는 서점이란 단어가 굉장히 생소했다. 물론, 나에게만. 무슨 일을 하는지는 모르겠지만, 전역한 군인의 패기로 이력서를 대충 써서 보냈다. 떨어지고 떨어지다 보면 어머니도 포기하고 다시 새벽에 일하라고 하시겠지. 근데 웬걸. 전화가 왔다. 면접 보러 오라고. 면접을 보고 출근 날짜가 잡혔다. 뭔가 어이가 없었고 웃음도 났다. 지금 와서 생각해보니 운명이었던 것 같다. 그때 내가 출근하지 않았다면 어떻게 됐을까. 뭐라도 되긴 했겠지만, 딱히 떠오르질 않는 걸 보니 책과 함께할 운명이었던 것이다. 될 놈은 되듯이, 해야 할 놈은 하게 된다.

책을 좋아하지는 않았지만, 일은 즐거웠다. 한 권의 책을 들고 골똘히 읽다가 왔다 갔다 하며 살까 말까 고민하는 손님을 보면 웃음이 났다. 그러다 손님이 제자리에 놓고 가면, 몰래 가서 무슨 책인지 구경했다.

서점에서 일하던 당시에는 책을 좋아하는 사람이 아니었다. 아니, 오히려 싫어했다는 것이 더 맞다. 그러나 어머니의 부탁을 거스르지 않기 위해 어떻게 하면 재미를 붙일 수 있을지 고민했다. 덕분에 1년 가까이 일할 수 있었고, 즐기는 자는 이길 수 없다는 말도 있듯이, 다른 대형 서점에 정규직으로 입사할 수 있었다.

정규직으로 입사한 첫 회사에서는 햇수로 2년을 일했다. 재미있게 일했지만, 1년이 조금 지나자 콩깍지가 벗겨지기 시작했다. 일이 싫었다기보다 사람이 싫어지고 있었다. 2년이 다 되어갈 때 허리를 다쳤다. 무리하지 않으면 버틸 수 있을 것도 같았지만, 처음 같은 열정이 없었다. 도망치듯 그만뒀다. 정규직으로서 처음 그만뒀을 때의 기분은 후련함이었다. 소속된 곳에서 벗어나는 기쁨. 젊었기에 앞으로의 일보다는 그 순간이 더 중요했다.

※

어느덧 서른여섯의 내가 있다. 그 사이 몇 곳의 회사를 거쳤고, 우연인지 필연인지 서점에서 일하던 내가 서점 주인으로서 시작을 앞두고 있다. 예전에 서점에서 일할 때 아침 일찍 출근해서 아무도 없는 서점을 둘러보며 책 냄새를 맡으며 청소를 하는 시간이 정말 좋았다. 나는 서점의 아침을 좋아했다.

시작이란 단어는 마음을 뭉근하게 만든다. 내게 시작은 늘 중요하다. 정리가 덜 된 서점. 그 서점을 정리하는 나. 블라인드를 올리면 내리쬐는 햇빛을 마주하는 일. 오랜만에 서점을 찾는 독자와 독자를 기다리는 책 사이에서 소란을 기다리고 있다. 걱정이 아직 모두 가시진 않았지만 지나간 어제는 지나간 어제대로 두고, 새로운 날이 다가오는 것을 기대하고 싶다. 다가올, 한 번도 살아보지 않은 나의 첫날이 두려움에 떨지 않을 수 있도록, 단단히 살아내고 싶다. 그것도 아주 단단히.

단조로운
일상의
행복

요즘 내 일상은 단조롭다. 아침에 일어나 밥을 먹고 늘 같은 시간에 맞춰 혈압약을 먹는다. 가끔 늦잠을 잘 때도 있는데, 그럴 때는 일어나 약만 챙겨 먹고 다시 잠든다. 처음 약을 처방받고 약을 지었을 때 약사님이 혈압약은 같은 시간에 잘 챙겨 복용해야 한다고 말해주셨기 때문이다. 한 번 혈압약을 제때 복용하지 못했더니 목 뒤가 저릿저릿하고 가슴이 답답해졌다. 그런 상황을 겪은 뒤로는 같은 시간에 약을 복용하려 애쓴다. 처음으로 겪는 상황과 고통은 꽤 오래 기억되고 몸에 새겨진다.

낮에는 집에서 책방에 주문이 들어온 것이 있나 확인을 한다. 주문이 들어오면 주문이 가능한 도서인지 확인한 후 주문한 분에게 금액과 안내 문자를 보낸다. 주문이 없으면 시무룩해지는데, 그런 시무룩한 마음을 달래기 위해 유튜브에 들어가 영상 몇 편을 본다. 요즘에는 〈무한도전〉 옛날 영상을 찾아서 본다. 짧게 편집해 재밌는 부분만 모아놓은 영상들인데, 아무런 생각 없이 보다가도 그 시절 내가 웃고 울었던 기억들이 떠오른다. 한 시절을 나와 함께 보낸 것은 그게 무엇이든 꽤 오랜 추억으로 남는다. 그리고 그것을 다시 돌이켜보았을 때 오는 기쁨이 있다.

텔레비전을 즐겨 보지 않는 내가 유일하게 즐겼던 프로그램이 〈무한도전〉이다. 화면 속 그들의 모습을 보고 있노라면 나는 그때 어땠는지 떠올려보게 된다. 열심히 살았던 모습도 있고, 방탕했던 모습도 있었다. 〈무한도전〉을 통해 과거의 나를 돌이켜보며 추억에 젖을 때쯤 영상이 끝나고, 다시 현실로 돌아온다.

오후 5시쯤에는 씻고 책방으로 가서 어머니와 교대한다. 낮에는 아파트 주민들이 자주 다니시기에 어머니가 계시는 편이고, 나는 혹시나 퇴근하고 책방을 방문하시는 분들이 있을까 싶어 늦게 출근하고 늦게까지 있으려고 노력하고 있다.

늦은 시간까지 책방에 있다 보면, 책방 밖으로 사람은 많이 지나다니는데 책방 안에는 오롯이 혼자 있는 경우가 많다. 간혹 사람들이 들어와 "여기에 책방이 생겼어요?" 묻기도 하는데, 5% 미만이지 않을까 싶다. 온라인 주문은 심심치 않게 있지만, 내 예상과 다르게 책방으로 찾아와 책을 사는 사람은 많지 않다. 그 사실에 가끔은 상심한다. 오픈한 지 한 달이 조금 넘은 시점이니 아직은 상심할 때가 아니지만, 자꾸 신경이 쓰이는 건 성격 탓이라 어쩔 수 없는 것 같다.

그럼에도 늦은 시간까지 자리를 지킨다. 내가 애초에 공지한 시간보다 조금 더 늦게까지 있는다. 혹시나 하는 마음과 역시나 하는 마음 사이에서. 그러다 책방 안으로 들어오시는 분을 만나면 정말 기쁘다. 그 기쁜 마음을 품고 또 며칠을 버티고는 한다.

가끔 여자친구를 데리러 가기도 하고, 맛난 것을 먹기도 한다. 단조로운 일상에 변화를 주는 것인데, 그런 변화에 맞춰 나 자신도 변화하는 것 같아 좋을 때가 있다. 단조로운 일상이 아니었다면 몰랐을, 그런 변화들이 있다.

다시 아침이다. 혈압약을 먹는다. 오후에는 주문을 확인하고

〈무한도전〉을 본다. 그러면서 다시 과거와 현재를 오가며 반성을 해보고 또 기쁨을 찾는다. 그리고 책방에 간다. 여전히 혹시나 하는 마음과 역시나 하는 마음 사이에서.

이런 단조로운 일상과, 가끔의 변화를 주는 요즘의 내가, 나쁘지 않다.

우리들의 소중하고
행복한 시간

우리는 지금, 추웠던 겨울을 지나
따스한 꽃피는 봄 어딘가에 와 있어요.
시간이 지나면 또 봄을 보내고 여름이 다가오고,
또 여름을 보내면 가을이 다가오겠지요.
지나간 날들은 늘 그립지만, 되돌릴 수 없다는 걸
우리는 누구보다 잘 알고 있어요.
그러니 지나가는 순간을, 지나가는 시간을
충실히 채워나갔으면 좋겠습니다.

나중에 돌아봤을 때,
이 시간이 그리워진대도 후회는 없도록.
행복한 시간으로 채워나가기를.

지금 이 페이지를 읽고 계신다면, 책의 처음부터 시작하여 마지막까지 도달하신 분이겠지요. 이 글부터 읽고 계신다면 서점에서 제 책에 흥미가 생겨 집어 든 분이실지도 모르겠습니다. 어느 쪽이든, 제 책에 관심을 가져주셔서 감사합니다.

올해, 소중한 사람을 잃고 소중한 책이 생겼습니다. 눈을 뜨면 인사할 수 있는 사랑하는 사람이 영원히 떠나갔을 때, 감정의 소용돌이 속에서 자신을 잃지 않을 수 있었던 건 제 마음을 글로 써서 스스로를 돌아봤기 때문이었습니다. 슬플 때 눈물을 흘리는 것이 이상하지 않은 것처럼, 저는 힘들 때 글을 쓰는 것이 이상하지 않았습니다. 오히려 생각만으로 끝나면 감정의 소용돌이에 더 휘말릴 뻔했는데, 제 마음을 마주하고 글로 써 내려감으로써 조금씩 안정을 되찾을 수 있었던 것 같습니다.

이 책은 그런 책입니다. 이 시대를 살아가는 사람으로서 겪을 수 있는 것들에 대해, 도망가지 않고 온전히 마주하며 조금씩 걸어나가는 모습을 담은 책. 어쩌면, 그렇기에 슴슴한 책일 수도 있습니다. 마치 조미료를 넣지 않은 음식처럼요. 하지만 그런 음식이 우리를 더 건강하게 하기에 언제나 옆에 두고 싶어지는 것처럼, 이 책도 여러분께 오랫동안 기억에 남는 책이었으면 좋겠습니다.

마지막으로 늘 저를 믿고 아껴주는 가족과 보미, 그리고 이 책의 토대가 되었던 '초딩시선'이라는 연재 글을 제가 꾸준히 쓸 수 있도록 여러 모로 도와주신 많은 분들과 늘 제 글을 좋다고 얘기해주시는 마음시선 대표님께 진심으로 감사하다고 말하고 싶습니다.

이제는 눈이 아닌 마음으로 제 글을 읽어주실 아버지께, 조금 늦었지만, 열심히 저의 마음을 기록한 이 책을 바칩니다.

2021년 12월, 최초딩

내 마음을 믿는 일
내가 나로 존재할 수 있도록

초판 1쇄 인쇄 | 2022년 1월 5일
초판 1쇄 발행 | 2022년 1월 15일

지은이 | 최원석

기획·편집 | 김수현
디자인 | 반반

펴낸이 | 김수현
펴낸곳 | 마음시선
등록 | 2019년 10월 25일 (제2019-000097호)
주소 | 서울시 마포구 신촌로2길 19, 마포출판문화진흥센터 318호
이메일 | maumsisun@naver.com
인스타그램 | @maumsisun
ISBN 979-11-971533-7-2 03810